惊鸿翩翩

SOARING LIGHTLY
LIKE A
STARTLED SWAN

古兰月 著

作家出版社

目 录

自序

每一个笔耕者，都有一位神交已久的前人。

李渔，生于1611年，卒于1680年。初名仙侣，后改名渔，字谪凡，号笠翁。浙江金华兰溪人。明末清初文学家、戏曲家。虽然距离李渔有三四百年的时空，但同为一个家乡，他在我心中一点不生疏，冥冥中总有千丝万缕的牵系。本书的起点，也许就源自这种家乡情结的朴素积累吧！

《闲情偶寄》是李渔一生艺术、生活经验的结晶。作品涵盖了戏曲、歌舞、服饰、园林、建筑、花卉、器玩等诸多内容，堪称生活艺术大全、休闲百科全书，也是中国第一部倡导休闲文化的专著。这些年，我一直在详细阅读这部著作，从戏曲理论到养生之道，从起居生活到为人处世等，他的博学多识让我由衷感叹，他的幽默风趣让我暗暗叫绝。

李渔在文学史上的评价颇高。他努力发现“前人未见之事”，“摹写未尽之情，描画不全之态”，故事新鲜，情节奇特，布局巧妙，语言生动。他的小说惩恶扬善，体察民情，歌颂自由恋爱，批判恬不知耻的假道义，针砭时弊一针见血。他的《笠翁十种曲》被当时的戏剧界推为“所制词曲，为本朝第一”，他的《无声戏》《十二楼》两个短篇小说集则是清代白话短篇小说的上乘之作。也因此，李渔被后世誉为“中国戏剧理论始祖”“世界喜剧大师”“东方莎士比亚”等，不一而足。

作为一个传奇人物，李渔写过不少故事，流传千古，却无一本自传。其实，他的这一生才是跌宕起伏，充满戏剧性，比他所写的戏剧更加出彩。他并非出生在钟鼎之家，甚至可以说是家境贫寒。然而他天资聪颖，十五岁时在梧桐树上刻诗：“小时种梧桐，桐叶小如艾。簪头刻小诗，字瘦皮不坏。刹那三五年，桐大字亦大。桐字已如许，人大复何怪。还将感叹词，刻向前诗外。新字日相催，旧字不相待。顾此新旧痕，而为悠忽戒。”后来，作为名噪一时的“五经童子”，却乡试落第；再次应试，又因清军入关而不了了之。应试的曲折并未对他造成太多影响，他文采斐然，是妥妥的清初“网红”人物，很多人梦寐以求地想要读一读他的著作。当然，让不少人津津乐道的还有他乔王二姬、五十得子等美谈，除却最后的落败，他的一生简直是不少人的梦想。

天下之本在国，国之本在家。可以说，李渔个人命运沉浮，也折射出国家民族的治乱兴衰。他这一生，短短七十载，历经明朝天启、崇祯和清朝皇太极、顺治、康熙五位帝王，既见证了大明王朝的灭亡，经历过清军入关，也见证了清朝的鼎盛时期。他经历家境贫寒，也曾锦衣玉食；经历风雨飘摇，也曾金堂玉马。这样的人生经历，本身就是一部小说，不得不令人感叹命运弄人。也许，只有经历过那个年代的人，才有坚韧顽强的胸怀，才有兼容万物的豪迈，才有多愁善感的忧伤，才有柔肠百转的情怀，也才让他的见地与理解异于常人、超越他人。

凝视历史，我始终抱着发自内心的尊重；探究史实，我一直有发自内心的兴奋。以前看历史方面的书籍时，看到崇祯年间的诸多事端，便特别想写一下明末清初时的故事：在那个动荡不安的年代里，到底发生过多少事儿，又遇到过多少儿女情长？这个念头在心中积压了许久，直到看到李渔这个传奇人物之后便越发不可收拾。他洒脱不羁、毫无章法，又懂生活乐趣、亲切自然；他交朋结友，游历四方，三教九流都有他的朋友；他能文善曲，雅俗兼之，每出一部作品，便立即风行天下。也许越是混乱的年代，越能磨砺出非凡的人才，犹如大浪淘沙，能让历史记住的都是真正有实力的人。

正因如此通彻的感悟，本书似乎已经不是因为一个念头而立意，仿佛我早就等候在历史的路口，要为他书写了。秋风宝剑孤臣泪，诸君莫作等闲看。或许本书只是我与他的一个开始而已。

就从年少李渔初遇魏忠贤作为开篇吧！

古兰月

2020年2月19日深夜

题记

惊鸿翩翩仙侣来，来兮归往皆有缘。李仙侣从家中离开来到宋城拜师，第一次接触到了家国命运与历史纠缠的现实，历经了一个个奇人、一件件奇事，在名师点化成金、精神固化金汤、感情随遇而安的岁月脉络里，他从这里开始、经这里而去、到这里截止，似乎是一个朝代更迭的年轮，更是一代奇人不忘初心的溯源、精神的升华，映射着历史的天空、文化的世界、艺术的经纬熠熠生辉……

第一章　福来客栈的老人

天色将晚，绯色的晚霞犹如锦缎般映照在西方的天空。

李仙侣和名九两人终于在夜色降临之前到了宋城。看着远方映照在夕阳下的福来客栈，李仙侣盘算了一下包裹里的银两，决定还是先住两天客栈歇歇脚再做打算。

推开门走进，才发现这可能是由一家房舍改成的客栈。院落里一棵高大的梧桐树，罩住了这个小客栈的大半个院子，挡住了院外的满天晚霞，给客栈平添了几分静谧。

李仙侣屏住呼吸，细听着动静，看着面前虚掩着的房门，身上像拉满了弓的弦一样，有些惶惶不安，心生退意。

名九跟在李仙侣后面，目光还在那棵高大的梧桐树上流连，丝毫没有注意到这院子安静得有点可怕。

走了两步，就连名九也后知后觉地感觉到了不对劲，停下脚步小声对李仙侣说："公子，这家客栈生意不好吗？怎么这么安静啊？"

名九的话音还没落下，就听"吱呀"一声门响，原本虚掩着的房门被人从里面打开，走出来一男一女。

男的身材魁梧肌肉紧绷，一看就是干力气活的，女的一身粗布衣裳倒也干净利落，看到两人连忙笑着招呼说：“两位里面请，打尖还是住店啊？”

男的点点头，进屋拿了一盏油灯出来，将院子里挂着的灯笼一一点亮。

李仙侣的脚步停顿了，在犹豫着要不要往前走。

女子继续走过来热情地招揽道：“两位远道而来，稍作休息吧。我叫秀娘，这间客栈是我和我们家相公开的，绝对比其他客栈干净又便宜，让您宾至如归呀！”

院落里的大红灯笼被点亮，原本觉得黑乎乎的客栈也在光照下显得有几分暖意。绷在身上的弦一下子放松了些，李仙侣的疑惑和退意渐渐被打消，看着秀娘说：“这位掌柜甚是知礼，这厢叨扰了，我们住店。”

秀娘领着两人进屋。进去一看，才发现真是麻雀虽小五脏俱全。客厅中摆着几张擦得干净的桌子，一道楼梯拐着弯直到二楼的住房。

那男人听闻两人是要住店，便往楼上领，说：“两位稍作休息，一会儿准备好饭菜给您送上来。”

两人被安排在二楼最东面的房间。秀娘安顿了几句就下楼准备热水、做饭去了。

李仙侣环顾四周，觉得这间小屋还不错，虽说简陋了点，倒也干净整齐。

两人赶了一天的路，着实累得不轻。名九一进屋把东西往桌子上一扔，趴在桌子上宛若一条死狗呼呼地喘气。

李仙侣看着名九这副模样倒是可爱，但也没有再去打闹的心思，放下自己的东西和衣躺在床上歇歇。

两个人为了在重阳节之前赶到宋城简直是不要命地赶路。

三月初的时候得知大哥李青原要到凤阳去采购药材，刚和父亲置过气的李仙侣不想在家多待，便想跟大哥出来走走。

两人半路分道扬镳，李青原前往凤阳进货，而他则是受先生所托到宋城来给先生的旧友卫老送封信件，而后按两人约定重阳节在宋城见面。

刚朝着宋城走的时候，还有一辆小马车，但是却在刚离开济南府的时候遇到了一小拨劫匪，吓得两人只带了贴身衣物和碎银子就跑。

没了马车只得一路走了过来，两条腿都快走断了……

李仙侣稍作洗漱，心里记挂着卫老的事情，便想要找秀娘打听一下卫老卫敬言是在哪个地方住，明天好去拜访。

推开房门往楼下一看，却整个人都愣住了，只见原本空荡荡的大厅不知什么时候黑压压一片，挤满了人，像极了密布的梅花桩子。

大堂里有四张桌子，其中最里面的一张桌子只坐了两个人，另外三张则是每张都坐着四个人。

除了中间那两人，周围的人全是一身黑色劲装，面容严肃。十几个人的大堂里竟然毫无声响，安静得可以听到旁边厨房炒菜的声音。

就在李仙侣从上往下看着中间那两人的时候，那两人中的一个也抬起头看向他。

也是这时，李仙侣才惊觉那人竟是一个满头银发的老人。在昏暗的烛光之下模糊可见他满是沟壑的脸庞，虽看不清他的容颜，却可见到他的一双眼睛分外明亮，毫无普通老人的浑浊和沧桑。

那人看过来，在那一瞬间李仙侣觉得他的目光犹如矢镞将自己看了个透。

那老人旁边的中年人也抬起头看向李仙侣，那眼神就像一把利剑。

李仙侣心里怦怦直跳，有些不寒而栗，原本放下的心又提了起来，太奇怪了，这家客栈，这伙人，都太神秘了，让人感到诡异。

正要转身回房，秀娘却在大堂里看到了他，招呼他道："李公子，怎么了？饭菜一会儿就好了。"

李仙侣应了一声，点了点头，又对看着他的那个老人和中年男子微微颔首，转身回到房间。

"哐"的一声响，李仙侣轻轻地关上了房门，闭上双眼，努力让自己平静下来。

随着李仙侣的离开，大堂里再次陷入寂静，秀娘擦了擦额头的细汗，手脚发颤地走向厨房。

那老人低下头，拿起手中的杯子喝了一口水。

他旁边的男子轻声道："千岁爷，我们晚上便住在这里吗？"

千岁爷。

纵观整个大明王朝，能在这个时候被称为"千岁爷"的只有一个人——一人之下万人之上的大太监，九千岁，魏忠贤。

魏忠贤看了他一眼说："住这儿吧，省得被人看了去，到时候告诉小皇帝。"说着看了一眼他旁边的男人："李胜，打探一下，刚才那个男子是何人。"

"是。"那人答应得倒是利索。

说完便起身去找秀娘，并吩咐另外两人注意千岁爷安全，自己才转身离开。

不一会儿回来凑到魏忠贤身边弯腰说道："是个赶路人，没有什么特殊的地方，不过……"

说到这里凑到魏忠贤耳边轻声说了几句。

“哦？”魏忠贤一脸饶有兴趣地笑了，“有意思。”一丝不易察觉的狰狞闪过他的眸底。

李胜继续弓着腰，等魏忠贤笑完了才说：“千岁爷，您看？”

魏忠贤立刻收起了嘴角的弧度，一眼瞥过来，吓得李胜额头上起了一层细汗，他惴惴不安地低下头，不敢再抬头看。

“难得遇到这样一出戏，我们看看。”

“是。”李胜不敢再说什么，直起身站在魏忠贤身后。

“坐下，站着像什么样子？”

“是。”李胜立马规规矩矩地坐在原来的位子上。

一旁有人递过来从外买来的新鲜吃食，魏忠贤吃了几口便不再多吃，被李胜扶着回房间。

路过李仙侣的房门时，魏忠贤忽然停下脚步，打发人下去拿了一点精致糕点和水果，并让手下人敲门。

屋内的李仙侣疑惑地拉开门。面前站着三个人，为首的正是刚才大厅里看到的老人。

离得近了才发现面前这人骨瘦如柴，灰色的直身空荡荡地套在他的身上。一脸褶皱满是沟壑，一双不大的眼睛却是目射精光让人不敢直视。

李仙侣虽不明所以，但也没有失了礼数，行了个礼说：“晚辈李仙侣见过老人家。”

魏忠贤点点头，摆手让人将点心和水果递上来说：“一点心意，不成敬意。我们这一行人有点多，等下如果有打扰到你的地方还请不要介意。”

李仙侣受宠若惊，连忙摆手：“哪里哪里，老伯您客气了。”

“老伯……”魏忠贤呢喃了一声。自己这一辈子，从为人所不齿到一人之下万人之上。太多年了，太多年没有人这样喊自己一声“老伯”。

魏忠贤向前走了一步，靠近李仙侣说：“李公子从何处来到何处去啊？”

这话问得奇怪，李仙侣心中诧异，倒也是老老实实地答了：“晚辈自金华府兰溪县而来，来宋城拜访一位先生的故人。”

“哦？可曾见到？”

“还没，刚到这里人生地不熟，待我明日打听一下再去拜访不迟。”

魏忠贤点点头，仔细打量着眼前的人。面前这人不过十七八岁，眉清目秀的倒也知礼识节，不觉有了拉拢提携之意。解下随身的一枚玉佩递到李仙侣面前说：“相逢于此，也是有缘。若是我能顺利回到京城，你以后到京城时可拿此物来寻我。”

玉佩是双鱼衔珠，色泽剔透，入手温润，一看就是上好的玉。李仙侣虽是不喜欢这人身上自带邪气，却也不敢以貌取人，愣怔之中，那玉接在手里还没来得及归还，见老人已经转身离开，连忙行礼谢道：“多谢老伯馈赠，不知老伯贵姓？”

老人停下脚步说：“京城西九胡同，李宅。”

身后的名九接过随从递过来的点心和水果站在李仙侣身后没有说话。两人看着这位忽然出现的老人被人搀扶入屋。

而在厨房收拾的秀娘和陈山却不知他们两人的打算已经暴露。秀娘看了一眼窗外，对陈山说：“当家的，你可知道大堂里坐着的那些是什么人？”

陈山也瞥了一眼窗外，确认周围没人，才敢低头凑到秀娘身边说：“他们训练有素，又全部有武功，而且没有那种当兵的煞气，阴柔有余，我猜可能是锦衣卫。”

秀娘大吃了一惊。

“别怕。他们既然便衣行事，应该也是不想声张。而且不是说他们就住一天吗？等明天他们走了就好了。”

秀娘点点头，又想起刚才来的那两人打眼一看就是读书人，便说：“那个读书人毫无防备心，我刚才套了他几句话，发现那人估计也没有多少家当。”

陈山反倒不赞同她的观点，说：“出门在外谁都知财不外露。他们又不傻，防人之心肯定有的。再说了蚊子再小也是肉，到嘴边的肉我们怎么能让他跑了？”

秀娘闻言一笑，开心地哼起了小调。刚才那伙人可是给了一锭银子呢，发了发了。

在屋里的李仙侣和名九浑然不知这间客栈不是什么价格优惠的小客栈，而是一间黑店。

更不知刚才和他打招呼的那个人便是当今天下皆知的九千岁——魏忠贤。

而他的命运齿轮，就在不知不觉的情况下，转向了另一个方向。

第二章　月光之下的侠客

月光如水，倾洒一地，微风吹过带来一阵清香。皎洁的月光将天地万物似乎都罩上了一层薄纱，多了几分朦胧的美感。

但是，此刻的李仙侣和名九却没有心思欣赏这美景。两人躲在路边的大箩筐之下，仔细听着周围的声音。

这还要从前半夜说起，李仙侣和名九收拾床铺想要睡觉，却在茶杯下面发现一张纸条，上书："此乃黑店，注意安全，早日离开。李胜。"

李仙侣开始全身冒着虚汗，心跳加快，李胜他知道，就是昨天跟着李老伯一起过来送点心的那个中年人。早上李胜和李老伯要赶往凤阳，便和李仙侣在此告别，却没想到晚上在房间内自己居然看到了李胜的留言。

李仙侣有些手足无措，一丝惊恐写在了脸上，李胜寡言少语，对李老伯惟命是从。李老伯对自己颇为照拂，应该是发现了客栈的不妥之处，让李胜来提醒自己。

名九不识字，看不懂纸上写的什么，却看得清李仙侣的表情，见此状况整个人都紧绷了起来，忙不迭地问李仙侣怎么了。

李仙侣刚把纸条上的内容告诉名九，就听有人“咚咚咚”上楼梯的声音。随后敲门声传来，门外秀娘轻声问：“两位客官，饭菜已经好了，需要给您送上来吗？”

名九一听是秀娘的声音，吓得紧紧握住李仙侣的胳膊不敢说话。

李仙侣深吸了一口气，咳嗽了一声才说：“好的，那个……咳，现在有点不方便开门，等下我让小厮下去端。”

秀娘不知道想到了什么，揶揄地笑了一声说：“好好，不着急。”说完之后又踩着楼梯下去了。

两人静静地等着秀娘走远了，赶紧收拾东西，趁着秀娘不注意跑出来，却被外出归来的陈山看到。

脚步声由远及近地传了过来，此刻躲在箩筐之下的两人恨不能变成两只小飞虫飞走。

李仙侣透过箩筐的缝隙，努力想要看清楚来人。却又在看清之后吓得立马握住了名九的衣袖，来的果然是那掌柜的夫妻二人。

那男的身高七尺，吃得又胖，犹如他的名字“陈山”一样，整个人往那儿一站犹如一座小山，岿然不动。而那名唤“秀娘”的老板娘却是一点也不秀气，个子比自己还要高，穿着一身灰色衣衫，白日看着干净爽朗，在此刻也都变成了辛辣狠毒。

陈山和秀娘两人走在青石板的小路上，警惕地打量着四周，刀在月光下闪着寒光。陈山声音里带着几分怒气说：“跑哪儿去了？我刚刚看见他们跑出来的，俩人文弱书生的样子跑不远。”

秀娘闻言点头说：“仔细找找，别留活口。”

八月底的夜风带着几分寒意，但李仙侣两人却是满头大汗。月光之下李仙侣甚至都能看到那掌柜的身上不知在何处染上的血迹。想起母亲曾告诉自己，有位道长说自己乃是星宿降地，是“仙之侣，天之徒”，所以名仙侣字谪凡，想不到今日是要折在这里了。

周围的一切仿佛要将自己吞噬了，迎面是生死存亡的时刻。忽然听到一声轻响，就见陈山猛地转身看向一边，问：“什么人？”

四周一片寂静。

秀娘默默地紧了紧手中的刀，与陈山背对背各看一方。

李仙侣额头上的汗从眉头滑过，“噗”的一声轻响打在了身上。轻微的一声在这寂静的时候在他耳边仿若惊雷，就在这时候，只听一个清澈的声音传来：

“过路人。”

李仙侣紧张地咽了咽口水，闻声转向说话的方向。就看到距离自己三米的左侧方，不知何时站着一个抱着剑的白衣人。

大大的斗笠遮住了那人的脸，看不清他的容貌。

陈山与秀娘对视了一眼，都觉得此人来者不善。陈山收起一身杀气，双手抱拳拱手说道：“敢问公子可曾在此见到两个男子？”

那人向着李仙侣躲藏的地方走了几步，摇了摇头说：“我从南边走过来，没有遇到任何人。”

陈山看着他没说话也没有动作，心中暗自思量，过了一会儿才说：“多谢公子相告，敢问尊姓大名？”

“夕照山庄，林松月。”

陈山闻言一愣，而后笑着说道：“原来是夕照山庄的人啊，失敬失敬。”这宋城之内，上至耄耋老人下至垂髫小儿，没有不知夕照山庄的。

林松月轻声道：“客气。”

陈山看了一眼秀娘，而后对林松月拱手说：“今日还有事，改天有缘再见，请林公子喝一杯。我们先告辞了。”

林松月拱了拱手，没有说话。

陈山和秀娘看了看林松月背后几个散落的箩筐，最后还是离开向南疾步走去，看有没有李仙侣两人的身影。

林松月原地不动看着两人走远，直至消失不见，才转身走到箩筐堆前说："出来吧，人走远了。"

李仙侣从箩筐下钻出来，用袖子擦了擦额头上的汗，拱了拱手对林松月说："多谢大侠仗义相救。"

林松月见李仙侣虽然很是狼狈，但是举手投足带着几分书生气，远比旁边的人多了几分沉着冷静，不像是会惹事的样子，不由得心中好奇，问："是怎么回事儿？"

李仙侣苦涩地摇了摇头，不想多言只道是："此事说来话长。"

"那就长话短说。"林松月似乎不曾听懂李仙侣的意思，想要一探究竟。

李仙侣一噎，倒是名九在旁边忍不住开口说："我和少爷两个人昨天刚到宋城，因为身上的盘缠不多了，只得找一间便宜点的客栈住下啊！没想居然遇到了黑客栈啊！我的娘呀，这可差点要了我们两个的命了。林少侠你是不知道我们刚才有多危险，晚上我……"

对于这样的事情李仙侣不想多言，见名九越说越多忙出言打断说："名九。"

名九闻言噤声，委委屈屈地看着李仙侣。

林松月远远地看着两人，觉得他们既聪明又单纯，看了看路口说："此地不宜久留，你们两个先跟我来吧。"

林松月带着李仙侣两人走过一条小道，又不知拐了几道弯（若不是此人刚才救了自己，李仙侣都要怀疑他和刚才那掌柜的是不是一伙的了），方才看到前方出现了一个小屋。

“到了！你们今天先住在这里吧。”林松月推开院门，指着院子里的一间茅草屋说，“时候不早了，早点休息，我也要去睡觉了。”

“多谢林公子。”“谁给你说的我是公子了？”林松月“扑哧”一声笑了出来，声音里没有了刚才故作的沉稳，只觉得犹如点滴清泉滴落山崖，柔和中带着几分清脆，动听之极。

林松月伸手摘下了一直戴在头上的斗笠，在月光之下没有了斗笠的遮掩，露出了原本的容貌来。

明眸皓齿，眉宇间带着几分洒脱与率真，唇角带笑地看着惊呆了的两人，忍不住笑出了声来。眼睛一弯，眸底盛满了月光。

“林……林姑娘……”名九看着林松月不敢置信地说。

李仙侣看着眼前仿若窗透初晓云自摇的人，只觉得林松月真是人如其名。

林间月下，美不胜收。

名九将行李放好，又打了水让李仙侣洗漱，等到自己收拾好之后已经困得双眼迷离眼角泛泪。见李仙侣盘腿坐在床上看着窗外，便疑惑地问：“公子不睡吗？”

李仙侣说：“你先睡吧，我等会儿就睡了。”

名九实在是困得睁不开眼，也不强撑，躺在旁边的小床上，不一会儿就打起了小呼噜。

真是心大无烦恼啊，名九这倒头就睡的本领看得李仙侣很是羡慕。

夜色深沉，李仙侣躺在床上想着刚才发生的事情，毫无睡意。若不是林松月忽然出现救了自己，可能自此夜之后，世上便没有李仙侣和名九这两人了。

之前在夏李村的时候，先生曾冒险说过，大明如今气数已尽，当今圣上虽心有余而力不足，难以阻挡历史的瞬息万变，只是苦了这天下百姓。

当时李仙侣虽相信先生说的话，但是终究有几分怀疑，觉得先生是想得太多了。但是这一路走来，从三月初至今不过是五个月，见了太多的人间惨状。

他们来的时候路过了陕西，途经那里才知道自打春节之后已经大半年都没有下雨了，田地里的草木都枯萎了。

鸿商富贾尚还有能力自足，可是却苦了那些老百姓，半年下来颗粒无收。吃糠咽菜，能吃的都吃了，却依然无法果腹。甚至于已看到百姓争相采集山间的蓬草为食。

李仙侣永远忘不了那种味道，蓬草的种子好像糠皮一样，苦，而且涩，毫无美味可言。

到了宋城，饥荒的现象虽然有所缓解，但是情况也不容乐观。大量拥入宋城的难民，必定会给宋城带来影响。

而仅仅是上午的匆匆一瞥，便已经发现道路两旁的乞丐多得数不胜数。这么多的流民却没有人管理，不是长久之计啊……

又想起大哥李青原去凤阳采购药材，也不知道他那边是什么情况，说好的重阳节在宋城相见，只希望大哥那边一切顺利，等到他回来便一起回夏李村。

月上中天，窗外不知名的小虫子也逐渐没有了声息，万籁俱寂。只听一声轻叹，李仙侣回过神来，不再乱想，伸手摸了摸胸口处的信件，心中略有安慰。

想着无论如何，这次到宋城来，定要见到卫老才行，先生嘱托自己一定要把这封信送到卫老那里。如果能见到卫老，也好问问他，国家如此，我们又该如何？

月光透过窗棂洒下来，仅仅是八月份，便已经落了一身寒意，李仙侣裹了裹被子，闭上了眼睛。

想到了一首元曲：“伤心秦汉经行处，宫阙万间都做了土。兴，百姓苦；亡，百姓苦。”

可真是人若浮萍啊。

第三章　木槿花下结情谊

第二天一早，名九睁开眼一看，李仙侣的床上已经没人了，整个人瞬间清醒了。

睡意全无，眼泪都快吓出来了。小脑袋瓜已经想到自己该怎么去衙门报案了。三下五除二地穿上衣服，推开房门之后就看到正对着门的石桌旁坐着自家公子。

名九松了一口气，跳到嗓子眼的心才又落了下去。不是他胆子小，这一路走来所遇到的事情，真的是太多出乎意料的了，不得不每时每刻紧绷着每一根神经。

之前跟着公子在夏李村，天高皇帝远，偏远的小村庄顶了天的事儿就是家长里短。而现在一路走来，且不说路途遥远舟车劳顿，更是几次死里逃生。

而且昨天客栈里遇见的那伙人明显不简单，他们两个能逃出来，真是不知道几辈子积的德。

早上醒来一看自家公子不见了，耳朵里嗡的一声，两眼发黑，吓得失了神。

李仙侣看着名九傻乎乎的样子，招手让他过去，问："怎么了？

做噩梦了吗？”

名九摇了摇头，见李仙侣已经洗漱好了，便说自己去厨房看看，做点饭吃。

临走看了一眼铺在桌子上的纸，好奇地问：“公子，你在写什么？”一边问着，一边拿起一旁的墨锭为李仙侣研磨。

李仙侣顿了顿，转过头看着名九说：“名九，这几个月一路走来，你有什么感觉？害怕了吗？”

名九被李仙侣看着，原本的漫不经心也收了起来。手中的动作慢了下来，坐在一旁的石凳上说：“我算是大开眼界了。”

“嗯？”李仙侣挑眉，看着名九说，“说说看。”

名九便认真说道：“我之前在家里时只知道伺候公子，只见过咱们李家的人。这一路走来我见到更多的人不说，更主要的是，见过很多以前我没有见过的事情，见了世面了。”

说着沉下了脑袋，继续说：“以前小时候只听过蝗灾，听说过闹饥荒，但是直到亲眼见到，才知道这些天灾人祸有多可怕。”

说着扭过头往李仙侣跟前凑了凑说：“还有，公子，我们昨天在客栈遇到的那一伙人他们绝对不简单，但是我不知道他们是干什么的，你知道吗？”

李仙侣敲了敲名九的头才说：“不知道其中的利害，小孩家家的不要乱问，小脑袋瓜想的还挺多！”

名九揉了揉被打的头，嘟囔着说：“是你让人家说的，我说了你还打我，还有没有理了？”

李仙侣被气笑了，挥手让名九赶紧准备吃的去，不要在这里打扰他。

被嫌弃了，名九也不生气，对李仙侣吐了吐舌头，站起来去忙自己的了。

李仙侣苦笑着摇了摇头，将研好的墨放好，拿起毛笔继续接着刚才的写下去。

就连名九都看得出来，昨天客栈里的那伙人气度不凡，他又怎么可能看不出？但是那些人究竟是什么来路呢？

突然李仙侣脑海里闪过一个念头，脸色霎间剧变。心道：不会吧……

伸手拿出那天老人递给自己的玉佩，入手温润却让他浑身冒出冷汗，喃喃自语："恐怕这李是要改成魏吧……"心里不觉寒颤阵阵。

这小院落坐落于一片湖边，门前的湖水波光粼粼蜿蜒而去。自湖边至小院门口的地上零零散散镶嵌着几块天然石块，以便行走。

小院的篱笆旁种的皆是蔷薇，蔷薇的枝丫延伸到篱笆上，形成天然的小院落，篱笆上朵朵紫的粉的牵牛花，开得很别致。

石桌就放在院落里，后方是几株开得灿烂的木槿树，秋风吹过，几个花瓣飘落在宣纸上。

李仙侣拿起花瓣，转身看向身后的花树。

林松月也赶了几天的路了，昨晚上才刚刚到宋城，一觉睡到了天透亮。

简单地梳洗一下推开房门，就见李仙侣头戴方巾，一身白衣，轻袍缓带地站在木槿树下，黑色的长发随风飘扬，映在日出之下的背景中，一旁的书桌上摆着笔墨纸砚，微风吹过，吹得被镇纸压着的纸张"啪啪"轻响。

李仙侣正仰头看着木槿花，听到开门声，扭过头来看着林松月，笑了笑说："你看这花开得多美啊……"

篱笆内的几株木槿树，花开满树，烂漫如锦。朝阳自东方升起，淡金色的阳光洒在淡紫色的花蕊之上，像是闪着淡淡荧光。微风乍起，吹得满树鲜花飘摇。

林松月怔了怔，才说："朝开暮落花，虽好看，但也可惜。花开一日，美不长存。"

"我可不这样觉得。"李仙侣像是看着木槿花，又像是透过树看着什么，说，"花原本就是为了被欣赏，只要有人感受过她们的美，也算是值了。再说了，虽然是朝开而暮落，但每一次凋谢都是为了下一次更绚烂地开放。就像是日升日落，月盈月亏，就像是春去秋来四季转换，却也是生生不息。

"而人又何尝不和这花一样呢？花之一日，犹人之百年①。只不过是人生百年与这花开一日相较而言比较长久，对比之下显得花的一生短暂而已。但是各自都不输各自的精彩。花会落，人会死，不过是各有各的命运而已。"

林松月眨了眨眼，看着眼前的这木槿花笑了。数日来压在心头的事情也轻了几分，轻声说："花朵尚且知道在一日之内绽放自己的美，而我们这些拥有百年生命的人又有什么可担忧的呢？今天不行大不了明天从头再来就是。尽力而为但求无愧于心而已，对不对？"

林松月转过头看着李仙侣，她的眼神温柔而坚持，却又带着些询问。

李仙侣赞许地点点头，说："观物及人，林姑娘真是好学问，李某着实佩服。"

林松月回过神来，轻咳一声略带一丝羞涩，连忙说："不敢当不敢当，只不过偶然想到而已。不过倒是你，看你这气度和打扮倒像

① 花之一日，犹人之百年：出自李渔《闲情偶寄》木槿篇。

是文人雅士，是刚参加完今年的童试吗？”

“今年的童试没有参加。我来宋城是因为跟随大哥前来进货，但是药田那边好像出了点问题，大哥怕我们等得无聊，便让我带着名九来宋城看看。等大哥在凤阳处理好事情，重阳节便来宋城带我一起回家。”

林松月点点头说：“也是，常言道读万卷书，不如行万里路。出来看看也挺好。”而后又想到昨晚上的事情，便叮嘱道：“只不过李公子以后出门在外还是要多加小心，毕竟这外面不比家里。如今世道多艰，偏又赶上天灾，怕是会有更多乱子。”

李仙侣认真回答：“姑娘说得是，李某记下了。”

林松月见李仙侣满脸认真，忽然“咯咯咯”地笑了出来。原本带着几分清冷的面庞，霎时间犹如云开月现温暖了起来。看着李仙侣，眼角弯弯说：“哎呀，不要喊我林姑娘了，觉得我都要被你喊老了。我爹爹和我师兄都喊我小月或者松月，要不李公子你也这样喊？”

李仙侣忙不迭地点头说：“松月姑娘，李某名仙侣字谪凡。”

一听李仙侣的名字，林松月“扑哧”一声又笑了出来，而后又连忙解释说：“抱歉啊，我不是笑你，只是觉得，‘仙侣’这个名字真的太少见了啊！很惊奇才会这样。”

“无妨。”李仙侣无奈地挥了挥手。听到自己的名字这种反应的，林松月不是第一个也不会是最后一个。上次他与几个人介绍名字的时候，对方更是哄堂大笑，笑问他哪里来的勇气，居然敢起这样的名字。

见林松月依然满眼打量与好奇地看着自己，无奈地说道：“据我娘亲说啊，当时我娘腹痛了三天我都不出来，我爹忧心不已，刚要去请郎中，就在门口遇到了一个道士，那个道士说算到李家有异，便来看看。”

林松月听得兴起，追问：“道长怎么说？”

“道长跟我爹说我是星宿降世，我们家这个地方太小了，按风水相学上说，地盘太轻，是载不住‘星宿’的。一个长辈就建议我们去大的李家祠堂，于是我爹和道长便带着我娘去了，去了以后我就呱呱落地了。长老觉得我是‘仙之侣，天之徒’，便起名叫仙侣，字谪凡，号天徒。”

“好名字！好字号！”林松月连道两声好。丝毫没有因李仙侣这番颇有几分自傲的话而觉得不妥。

李仙侣看着林松月，只觉得此女深不可测，她一身侠气却又细致温柔，豪爽开朗却又对事情有着自己独到的见解。若说她豪情万丈，刚才谈话间却又隐约感觉到了什么。真的是从未见过如此矛盾又如此从容自然的女子，像是夜空之中弯弯明月，又像是山间潺潺小泉。

而林松月也在暗暗打量着李仙侣，之前只觉得此人眉清目秀、天庭饱满，笑起来的时候温文尔雅、文质彬彬，恰如芝兰玉树，气质卓然。现在一看只觉得是隐隐多了几分仙风道骨，不知他是确实不染风尘，还是仅仅因为听完他的名字由来之后产生的错觉。

“松月！”两人正说着话，忽然听到有人喊林松月的名字，李仙侣转过头，就见一个头戴儒巾、身着白色衣袍的男子走了过来。

第四章　夕照山庄林溪烟

“师兄！”林松月一声欢呼，跑过去一把挽住了那男子的胳膊。

男子一身白色锦缎镶蓝边长袍，袖子上暗金线绣着祥云纹，腰间坠着一枚淡青色五福玉佩，挂着一把长剑。鬓若刀裁，眉如墨画，双目如潭，当真是英气逼人仪表堂堂。

而李仙侣则是惊讶地看着男子。林溪烟？他怎么会在这里？再看看亲热地挽着他胳膊的林松月，心里暗忖，林松月莫不是林溪烟的妹妹？

林溪烟自然也看到了李仙侣，眼中闪过一抹惊讶，没有理自家师妹，反而看着李仙侣说：“谪凡，你怎么在这里？”

“林兄。”李仙侣抱拳行礼。

林松月好奇地看着两人，说：“你们认识？”

林溪烟点点头说认识。

李仙侣也笑了起来，说：“缘分真是一件很奇妙的东西。”

“说说，到底怎么回事？”林松月真的是特别好奇他们两个人是怎么认识的。

林溪烟倒是不为所动，看着林松月说：“那你给我说说你们两个又是怎么认识的？”

“昨天我到这里的时候天都黑了！本来想去夕照山庄找你，结果路上遇到这个人和他的小厮被黑客栈的掌柜追杀。

“然后我就路见不平拔刀相助！对着小毛贼说‘你林松月大侠在此，还不速速束手就擒’，然后他们全吓跑了！这俩人无处可归，我就把他俩带到这里来了！”

林松月说完之后还一脸自豪地看着林溪烟，满脸都写着师兄你看我是不是超级厉害？师兄你快点夸我。

李仙侣看得目瞪口呆，女人真的善变啊，现在的林松月哪里还有昨晚上刚见到时候的那种清冷和疏离啊，现在整个人就像是小猫咪一样，就差被林溪烟顺顺毛了。

林溪烟看着林松月心里就来气，想起几日前便收到师父的飞鸽传书，说小月自己一个人向北而来找他，让他务必照顾好自己的师妹。如果有不听话的地方，该打打该骂骂，切不可任她肆意妄为。

一早听安排在这雅园的小厮跑过去回话，说是林姑娘大晚上的带了两个陌生男人回来，气得他窝了一肚子的火，饭都没吃就赶紧赶了过来。

好嘛，这人刚到宋城还没见着呢，就已经什么路见不平拔刀相助，独自一人敢去从黑店老板手里救人了，长能耐了。连家门还没进呢，就捡回来两个陌生男子。还说什么自己行侠仗义救下来的，真是不知道人心险恶啊。

就算发现这俩人自己认识，也掩盖不了林松月这丫头的大胆，可不能再惯着她了。

林溪烟脸上没有多少笑容，不理林松月的胡闹，看着李仙侣说：“谪凡，发生了什么事儿？”

李仙侣便把昨天在客栈遇到的事情跟林溪烟和林松月两人说了一遍，只不过却不知道怎么的下意识地略过了那个老人交给他一个玉佩的事情。

而林溪烟在听完李仙侣的叙述之后脸上闪过一抹复杂之色，问：“老人？”

李仙侣点了点头，说：“我觉得那老人不是凡人，他身边跟了十几个人，皆是一身劲装，动作干净利落，像是会武功的样子。”

林溪烟听完李仙侣的叙述之后，心情复杂地看着李仙侣说：“谪凡，此事可能另有蹊跷，我们先吃饭吧，吃完饭细谈。”说完之后让身后的小厮把带过来的饭菜摆上，去厨房告知名九不用忙碌了，过来一起吃饭。

名九一见林溪烟，一双眼睛都亮了起来，兴奋地看着林溪烟说：“恩公！你怎么在这里！”

林溪烟伸手摸了摸名九的头说：“名九，俩月不见干练了不少啊。”

名九不好意思地挠挠头，看着林溪烟不说话。

这事儿还真是说来话长，当初李青原在济南府赶往凤阳去进货，而名九则驾了一辆马车和李仙侣两人想要来宋城，却没想到刚走出济南府没多久，就遇到了一伙劫匪。

现如今陕西干旱，今年的秋粮颗粒无收，不少人流落周边省份，大明律虽对打家劫舍之罪处罚严重，但是在人命关天的时候，太多人已经顾不上了。

不过最幸运的就是当时遇到了同样从那儿路过的林溪烟。林溪烟出手救下两人，和他们同行一段时间之后才离开。

自那之后，名九的小脑袋瓜里最崇拜的人由一个变成了两个，而且李仙侣已经变成了排在林溪烟后面的那个。

按名九的话来说，他见了林溪烟才知道世上居然还有这样文武双全又风度翩翩温文尔雅的人！得嘞，就学了几个词还全都记在他家恩公身上了。

几个人回屋内吃过了早饭，又换上了茶水糕点，林溪烟才叹了一口气，看向李仙侣问："谪凡，你可知道当朝的九千岁魏忠贤？"

李仙侣点点头，他自然知道。之前在读杂记时，曾在有本书上看过，说当年太祖正在殿内吃饭，刚吃了一口烧饼，听到太监禀报：文成公觐见。

太祖便将刚咬了一口的烧饼用碗盖住，指着这个碗问文成公："先生深明数理，可知碗中是何物件？"

文成公回答说："半似日兮半似月，曾被金龙咬一缺，此乃饼也。"

太祖对文成公信任不已，便又问大明气运如何，文成公以恐泄露天机为由不敢多说，被太祖赐免罪金牌才作歌三首，说到时候会天下大乱。太祖说："朕之天下，有谁乱者？"

文成公答道："天下饥寒有怪异，栋梁龙德乘婴儿；禁宫阔大任横走，长大金龙太平时；老拣金精尤壮旺，相传昆玉继龙堂；阉人任用保社稷，八千女鬼乱朝纲。"

太祖问："八千女鬼乱朕天下者何？"文成公说："忠良杀害崩如山，无事水边成异潭；救得蛟龙真骨肉，可怜父子难顺当。"

文成公之前说的一一应验，而这八千女鬼乱朝纲，"八千女鬼"四个字合起来就是"魏"。

而文成公另一本书《推背图》里也曾说一段颂词：忠臣贤士尽沉沦，天启其衷乱更纷，纵有胸怀光坦白，乾坤不属旧明君。

八千女鬼是"魏"，加上颂词的隐语，这人就是天启年间（公元

1621—1627年）著名的司礼监秉笔太监、东厂提督——魏忠贤！

魏忠贤干涉朝政，排除异己，自封九千岁，甚至于有不少人只知有九千岁而不知有当今圣上。

李仙侣或许不知道，但是林溪烟却清楚，前刑部侍郎王之寀以忤魏忠贤下狱，在狱中受刑而死。

之后的只手遮天的事情更是传得比比皆是，听到了都会觉得不可思议。

这可真是一人得道鸡犬升天。他们魏家的狗是不是都要去跟哮天犬比一比？

林溪烟想了又想，却怎么也想不明白魏忠贤为何会带着亲卫来宋城，还去住到了福来客栈那样的小客栈？这是为了什么呢？若说只是巧合林溪烟是决计不会相信的。想到这里便连忙吩咐小厮去查一下那福来客栈现在如何了。

李仙侣额头上冒出了冷汗，此刻魏忠贤给他的那块玉佩仿佛是一团火，烧得他焦灼不安。这等奸臣，仙侣怎愿与他有何干系？

林溪烟见他面色发白，还以为他是被当时的事情吓到了，忙出口安慰道："谪凡你不用害怕，我虽然想不通他为什么不声不响地来了宋城，但是按你的说法你们看到的那个纸条应该是他安排下属放给你们的。若是你真的掺和到他们的事情之中了，想必你也不会在今天见到我了。无须担心。"

李仙侣听完这话，只觉得更加可怕了。

倒是一旁的林松月张口想说什么，却看了一眼林溪烟之后没有多说话。

林溪烟看着李仙侣，想了想说："谪凡，你在这里人生地不熟的，先随我回去住吧。到时候也好有个照应，顺便给你大哥写一封信，到时候他也好来找你。”

李仙侣连忙谢绝，觉得自己太给林溪烟添麻烦了。

林溪烟却招呼名九去收拾东西，又让林松月拿着行李，说是一起去自己家里住。有几个好友相伴，也是一大乐事。

李仙侣推托不过，便随着林溪烟一同出发，直到站在林溪烟的家门前，门额上“夕照山庄”四个大字在阳光下闪闪发光。

李仙侣转头看了看林溪烟，终于明白他身上那种与众不同的气质和风度从何而来了。

夕照山庄，百年世家。百年来这夕照山庄出过一名尚书，出过三名大商贾，更出过武功极为突出的武林中人，可谓是山林朝野都有夕照山庄认识的人。

虽说近几年来夕照山庄颇为低调，但毕竟是百年世家，丰厚的底蕴与传承不是虚的。

看到李仙侣呆呆地望门额，林溪烟眼中闪过一抹无奈，说:“我还没有分宅，只好先带你来这里了。谪凡，你不会怪我隐瞒身份吧？”

“不会不会，林兄言重了。”

“那就好，你们跟我来。”说着领着两人走了进去。

“三少回来了，林小姐您来了。”

“三少好，林小姐好。”

李仙侣看向林溪烟，见他面色未动一路前行，而他身旁的林松月眼中却闪过一抹苦涩。

李仙侣看着林松月，脑中有一丝疑惑。

第五章　前往宋城之卫宅

李仙侣被安排在距离林溪烟不远的雅园住，到了晚上吃饭的时候，林溪烟带来了福来客栈的消息。

福来客栈半夜忽然起了一场大火，等天亮的时候被人发现已经变成了废墟，而那个秀娘和陈山也被烧死在其中。

这个消息听得李仙侣毛骨悚然。而他这个侥幸逃脱的人，不知道是天意如此还是有人刻意为之。如果是刻意的，自己一介书生，百无一用，又是为了什么呢?

这一天注定是不平凡的，刚把回话的小厮打发走，又来了另外一个下人。

那人看到林溪烟正和李仙侣在一起，看向林溪烟没有说话。

李仙侣看了那人一眼，对林溪烟说："林兄，有事情你去忙吧。我这儿无妨。"

林溪烟看了看那人，走上前去问："何事？"

"三少，刚得到消息，当今圣上驾崩了，信王继承大统。"

林溪烟吃了一惊："什么时候的事儿？"

"是昨天，老爷让我过来给您说一声，今后一个月要多加注意，并且让您去书房一趟。”

“好的，我知道了。”林溪烟挥挥手说，“你下去吧。”

说完转身走向李仙侣说：“谪凡，圣上驾崩了，信王继承大统。”

李仙侣吃了一惊，虽然听说当今圣上身体不好，但是没想到会突然驾崩。

“父亲让我去书房一趟，我过去看看什么事情。你且在这里住着，需要什么跟小厮说就行。”

李仙侣站了起来对林溪烟说：“好的，多谢林兄，你去吧。”

“好。”林溪烟说完带着小厮转身离去。

看着林溪烟走出院落，李仙侣才转身回屋，坐在凳子上久久没有说话。自打那天迈入福来客栈起，好像在自己不知道的地方忽然起了什么变化。

想了半天无果，看着摊在自己面前的宣纸，叹了口气，终究是拿起笔开始写每日杂记：

> 天启七年八月十一日，圣上驾崩。到宋城的第三日，没想到遇到了林溪烟……

名九默默地将茶水端过来，又退开去。

自家的公子他是最了解的。这次之所以能外出就是因为公子和李老爷置气。老爷一直觉得读书科考不仅没用，反而浪费时间。看天下读书人大多过得寒酸，还不如继承家业学学经商，虽说不能大富大贵但也能吃穿不愁。

而公子志在朝堂，对经商毫无兴趣。两人曾爆发过几次争吵，直到前几日公子看完几个话本，心血来潮写了一段，却被正巧过来的林老爷看见，气得林老爷将少爷写了两天的话本撕得粉碎。

两人大吵了一架，李仙侣不想在家多待，被李青原得知后决定带他出来看看。

“吱呀……”没有关严的窗户被夜风吹开，吹得烛火险些熄灭，窗外忽然狂风大起，落叶随风落在地上“哗哗”作响。

李仙侣连忙起身去关窗户，远处一道闪电照亮了夜空。

“要下雨了？”原本有些困的名九都被震得清醒过来，连忙将房间内其他门窗都关好。

又是一道光划过，照得屋内霎时间亮如白昼，随之而来的就是轰隆隆的雷声。李仙侣听着雷声和风声暗自嘀咕：听这阵势，估计这雨不会小了。

不一会儿大雨瓢泼而下，哗啦啦的雨声像是在遮盖什么，又像是在冲刷着什么。

雨不知何时停的，早上醒来时已经是大晴天了。走到院里就感觉到空气里一阵清新，李仙侣伸了伸懒腰，想着吃完饭再去看看书。

“谪凡，醒了啊？”

李仙侣回过头，见林松月正坐在院子里的小亭子下，端着茶笑吟吟地看着他。

李仙侣脸上一红，没想到院子里有人，轻咳了一声，走过去说：“松月，你怎么在这里？”

林松月将茶杯放下，看着他说：“怎么，不许我来吗？”

李仙侣连忙一本正经地说：“怎么可能！林姑娘能来，我是求之不得呢！你可是大侠女，对我有救命之恩。”

林松月被李仙侣逗得哈哈大笑：“哈哈，就你会说话。”笑过之后盯着李仙侣说：“谪凡，你今年多大？”

李仙侣疑惑地挑挑眉：“刚过了生辰不久，十八岁。”

“嗯？你几月生日？”

“八月初七。”

林松月闻言脸上笑开了花，说：“我七月生辰！比你大一个月呢，快叫我姐姐。”

李仙侣一阵低头不语，似乎在思考些什么。

林松月伸手一巴掌拍在李仙侣头上，说：“凡凡，你这是什么眼神？大一天也是大，不是吗？”倒是不疼，只是突然吓了李仙侣一跳，长这么大，还是第一次遇见这样性格的姑娘。

李仙侣眨了眨眼回过神来：“凡凡？”

“对啊，喊你凡凡怎么样？”林松月盯着李仙侣可爱地说道，“凡凡，你看又好听又好记。”

李仙侣撇了撇嘴，小声抗议：“……不怎么样。”心想：行走江湖的女子就是这样不拘小节啊！

林松月看了一眼不乐意的人，眼睛眯成了一道弯，说：“就先这样定了，走，我们去吃饭。”

两人吃过饭，林松月也没有要离开的意思，见李仙侣想要看书，便对李仙侣说：“给我一本书，我也看看。”

“你喜欢什么书？”

“唔，有什么话本吗？《牡丹亭》之类的。”说着，林松月好奇地走过来。

李仙侣转过头，看着林松月问道：“《牡丹亭》？”

“是啊，清远道人汤老写的那个，我最喜欢这个了。”林松月说着，看向李仙侣，“嗯？你也看过？”

李仙侣出来没有带几本书，倒是积攒了不少自己写的东西，叠得整整齐齐的，都被他好好地放在一旁。

闻言李仙侣点了点头说："曾看过。"

"是不是特别好看？"林松月没有想到李仙侣竟然看过《牡丹亭》，有些惊喜地看向他。

李仙侣继续点点头说："很不错。"

还没等给林松月找到书，就听有人敲了敲门，一个小丫鬟走了进来说："松月小姐，夫人今日在花园招待其他几位小姐，让奴婢过来告诉您一声，若是无事可以一起过去说说话。"

林松月脸上的笑容没有了，又变成了李仙侣之前见过的那种有点清冷的样子，说："好的，知道了，我等会儿就过去。"

那小丫鬟转身离去。

林松月叹了一口气，转身对李仙侣说："改日再来找你玩吧。"

"行，你去吧。"

林松月走了之后，李仙侣忽然想到了一件事情，对名九说："名九，收拾一下，我们去拜访一下宋城的卫老先生。"

李仙侣理了理衣裳，转身从包裹里拿出原本要带给卫老先生的一个笔洗，伸手递给名九。

名九小心翼翼地抱在怀里，两个人出门而去。

李仙侣在金华府的授课先生叫李桐。几月前先生将李仙侣叫过去，说自己已经教不了他了，便写了推荐信给宋城的同窗卫敬言，看其能否指导一下李仙侣，或者能否将李仙侣推荐入未名书院学习。

李仙侣看着名九怀里的笔洗，觉得这样直接拿过去着实不妥，便说："我们先到镇上买个盒子，再带点东西去卫老家。"

宋城地处中原，向来是兵家必争之地和商贾云集之地。几日前他们初到宋城并没有细看，今日实实在在感受了一下宋城的繁华。

只见南北街上，车来人往络绎不绝，道路两边的各种店铺蜿蜒而去，一眼望不到头。

两人买好了木盒，将笔洗放到里面，又买了几样点心水果，才向着卫老家的方向走去。一边走一边看，感受一下这南北方不同的风俗习惯。

李仙侣一直认为纵然自己的记忆力超群，但是也总会有健忘的一天，所以这一路走来遇到的什么比较有印象的事情都会记下来，等过段时间再翻看，着实是一番乐趣。也许有一天，自己会把这些走过的路、尝过的美食分享给世人。

名九跟在李仙侣后面，一手提着备好的礼物，一手拿着糖葫芦，边吃边好奇地四处打量，一个冷不防，一下子撞在了李仙侣的后背上。

名九唔了一声，用手背揉着额头问："少爷，怎么了？"

"嘘！"李仙侣转过头给他比了一个噤声的手势，然后又回过头往前面指了指，继续向前走去。

名九看了看，连忙跟上。就在正前方，有一个女子带着一个小丫鬟走在路上，在她们的后面还有两个男人。因为已经走出了南北街向东城来，道路两旁已经没有什么摆摊的小贩了，只有远处两个乞丐懒洋洋地坐在路边，玩着手里的狗尾巴草。

道路的尽头，不知谁家院里的月季花竟然长得比墙头还高，大红色的月季花从院子里面伸向院外，远远地看去，一片绿色之间几朵开得灿烂的月季花，颇为好看。

名九吐出嘴里的山楂核说："那月季花长得真好看。"

李仙侣闻言气得伸手想拍名九的头，名九猛地向后一闪躲过了，又凑过来小声地问：“怎么了嘛？”

李仙侣看了看前方，侧过头低声对名九说：“我刚才在南北街的时候就看到前面的那两位姑娘了。”

名九不以为意，继续咬了一口糖葫芦，踮着脚又看了看前面的人说：“哦，长得好看吗？”

“名九！”李仙侣气急，低声喝了一声，伸手弹了一下名九的脑门说，“我怎么有你这么傻的小厮哟！我是给你说刚才在南北街我不光见到了这两位姑娘，我还见到了两位姑娘后面那两人，不知是不是我多想，怎么这两人好像一直跟着前面两位姑娘似的。”

“啊！不会吧……”名九担心地看着李仙侣。

而就在这时候，前面两人中的其中一个回过头来看了李仙侣和名九一眼，然后两人低声说了什么，另外一个男人也回过头来瞄了李仙侣和名九一眼。

李仙侣面色不变，对两人的打量宛若未见，倒是名九在那两人的目光中瑟缩了一下，颤颤抖抖地拉了一下李仙侣的胳膊说：“少爷，他们发现了我们在看他们，怎么办？”

李仙侣心里也在犹豫，究竟是自己想多了还是真的无意间撞破了有人想要为非作歹？

眼看着走到了拐角处，两位姑娘继续向左拐，而那两个男人向后看了看李仙侣和名九，继续跟了过去。

第六章　卫家初遇卫秋霜

李仙侣壮了壮胆，疾走几步跟了过去，在看到那两人之后连忙出声喊道：“前面两位大哥，你们等一下。”

李仙侣也不顾那两人脚步不停，连忙追上去大声地说：“两位大哥麻烦问一下，到东四街是顺着这条路一直走吗？”

那两人停下脚步转过身，李仙侣方才看清他们的模样：一人眉眼开阔，看着倒是一副老实宽厚的样子，另外一人则是面露冷色，很是不耐烦地看着他。他抬手作了一个揖说：“不好意思大哥，我有点迷路了，我想去东四街的卫家，请问该怎么走啊？”

眉眼开阔的那人说：“东四街的卫家顺着这条路直走，然后左转走过两个路口，继续沿着路走就可以看到了。”

“谢谢了，还有就是夕照山庄在这附近吗？”

李仙侣此话一出，另外一个一直没有出声的人眯着眼打量了一眼李仙侣，忽然出声：“去夕照山庄做什么？”

“与夕照山庄的林公子有约。”李仙侣故意拖延一会儿时间，转而又问，“从这里方便去夕照山庄吗？”

那两人对视了一眼说：“方便。你可以从来时路过的那家茶馆乘马车过去，大概半个时辰就到了。”

“好的，多谢两位告之。”李仙侣向两人拱了拱手。

忽然一阵清脆如银铃的女声说道：“公子是要去卫家吗？”李仙侣扭过头就见原本走在前方的两女子缓步走来。

走在前面的女子有十六七岁，肤若凝脂。一身粉色绣花裙，腰若流纨素盈盈一握，梳着简单的飞仙髻，头戴金步摇，一双眼睛似秋水含波，煞是动人。

正在说话的三人皆是一怔，李仙侣说：“对，正是要去东四街的卫老先生家里。”

听李仙侣这样一说，银铃般的笑声自耳边响起，那女子掩嘴巧笑道：“卫先生便是家父，如若公子找不到路，跟我走即可。”

李仙侣大为惊喜，没想到居然遇到了卫先生的女儿。

另外两个人见李仙侣和名九与她们站在一起，心知眼看到手的鸭子要飞了，便也不再多留，转身便走。

一旁始终警惕、盯着两人准备随时喊人的名九看着两人走远直至消失不见，才长长地舒了一口气，原本提到嗓子眼的心也落了下来。

就连李仙侣原本一直紧绷着的神经也放松了下来。

卫小姐眨着眼睛看着两人，忽然有点紧张，不明所以地问：“你们怎么了？”

“卫小姐以后外出还是多带一两个小厮吧。”

名九则在一旁连忙说道：“公子说我们从南北街出来往这儿走的时候，就见到你们了，而刚才那两个男子一直不远不近地跟在你们身后，眼见着周围的行人越来越少，公子担心这两人心怀歹意，便装作问路的样子牵绊一下他们，好让你们走远些。”

卫小姐闻言花容失色，心有余悸。

“小姐！”旁边的小丫鬟吓得脸都白了，一把紧紧地抓住了卫小姐的衣袖。

李仙侣见两个人皆是吓得不轻，连忙出言安慰说：“没事儿了，没事儿了，他们两个已经走了。”

卫小姐点点头，抬头看着面前的人很是感激，连忙说：“多谢公子大恩，敢问公子尊姓大名，秋霜无以为报，铭记在心。”

“卫小姐客气了。在下姓李，名仙侣，字谪凡。此乃小事一桩，卫小姐不必挂在心上。男人本就应该路见不平拔刀相助，就算换作别的人也会如我这般做。更何况看样子你比我小几岁，我又怎会袖手旁观？”

李仙侣此话说得直白，换个旁人说只会觉得说这话的人太过孟浪，令人心生不喜。而李仙侣则说得再认真不过。他原本就生得面目清秀，一双清澈的眼睛看着对方的时候，会让人觉得他的眼里只有坦诚，无须再问。

听完这番话，卫秋霜不知怎的羞红了脸，微微低头说道：“既然仙侣哥哥比我年长，我便唤你哥哥可好？”说完之后抬起头一脸期待地看着李仙侣。

李仙侣被卫秋霜这全然信任的目光盯得内心波涛澎湃，只觉得心中升起万丈豪情来，连忙说：“那我便唤你秋霜妹妹了。”

卫秋霜浅浅一笑，娇俏可爱。

霎时间不知怎的，李仙侣竟然想起了早上在院里看到的那几株蔷薇，花瓣上沾着几滴露水，在阳光的照耀下美得让人心醉。

卫秋霜见李仙侣呆呆地看着自己，更是害羞了，连忙说：“仙侣哥哥跟我走就好了，我领你过去。”

说完连忙转身拉着还在一旁打哆嗦的小丫鬟小桃转身就走。

小桃侧过头笑嘻嘻地对卫秋霜小声说："哈哈，小姐你看，我们一路上有这位公子结伴就不用害怕歹徒了，而且这位公子刚才他看你看呆了。"

羞得卫秋霜举起拳头捶了一下小桃说："不许瞎说！"自己的嘴角却是怎么也止不住地扬了起来。

小桃不说话，只是看着卫秋霜笑，卫秋霜则是在小桃的笑声中脸红得越发厉害了，娇嗔地埋怨小桃："小桃，看我怎么收拾你！"

"哎哟别打我，别打我，后面可是有李公子看着呢！"

两人打打闹闹手挽着手笑成一团。

李仙侣回过神喊着名九，两人远远地走在后面，看着前面的两人莲步轻移，脸上露出一抹宠溺的笑容。

几人走了不到一刻钟，便到了卫家门前。

卫秋霜拍了拍大门，对李仙侣说："仙侣哥哥，我父亲今日应该是在家的，我命人通报一下，等会儿你去见他就好，我就先回房间了。"

李仙侣点点头说："多谢秋霜妹妹了。"

卫秋霜侧着头看了看李仙侣，欲言又止。

很快有人来开门，小厮一看是卫秋霜，连忙说："小姐回来了。"

卫秋霜点点头说："后面两位是我和小桃恰巧遇到的来家里的客人，这两人是帮了我和小桃的，你们好生招待。"见开门的小厮应声后，卫秋霜才说："还有客人，你们先忙吧。"说完对李仙侣施了一个礼，往旁边走去。

小厮送走了卫秋霜，这时候才看到后面还有两个年轻男子。

其中一男子一身白衣，风度翩翩，另外一个小厮戴着帽子，额头上冒着大颗汗珠。

白衣男子拱手道："在下夏李村李桐先生的学生，前来拜访卫老先生。"

"两位稍等，我去通传一声。"

不一会儿，小厮就跑了回来说：卫先生有请。名九将笔洗递给李仙侣，带着其他的东西跟在后面，在李仙侣随着另外一个小厮走进主屋之后，便跟着刚才领路的小厮去了偏房。

李仙侣拿着笔洗走进客厅，就见堂屋之中坐着一位穿着一身外罩黑色薄纱的黑色衣裳的人，看年龄有五六十岁，想来应该便是卫老先生了。

李仙侣行了一个礼说："卫老先生好，晚辈夏李村李仙侣，受先生李桐所托给卫先生送一封信。"

"哦？李桐？"卫敬言心中暗自惊奇。

说实话卫敬言几乎已经可以猜出来李仙侣来的目的了。自打他在宋城成为未名书院主事以后，各种托关系想要进书院的人少说也有百十来人了。

这些学生中，只有眼前这一人是李桐推荐来的。

而这李桐当年可是对自己很是不服，两人针尖对麦芒，年少时候没少在学问上有所争论，当年各自都是有一肚子气，大有不相往来的意思。

而现在李桐忽然写信给自己，又能是为了什么呢？这个年轻人竟然值得李桐这个老家伙放下尊严给自己写信？

卫敬言看着眼前的年轻人开始好奇起来，便伸手接过李仙侣递过来的信。信上说李仙侣自幼聪颖，在襁褓中便识字。"四书""五经”过目不忘，总角之年便能赋诗作文，下笔千言。甚至听说他每年在自家后院的梧桐树上刻诗一首，以警诫自己不要虚度年华，故而想推荐他去未名书院。

不过李桐这人这么多年了性子一点没变，在信里还说了卫敬言几句，让他不要因为当上了学院主事便迷失了自己本心，等等。

卫敬言看着信一阵感慨，年少时的相互斗气，现在回想起来也是颇为有趣，自打李桐回到老家开堂讲学之后，便再也没有见到这位老同窗了。

此时的卫敬言心中了然，他虽说是能帮就帮，但也不是毫无底线，所有学子都要过了他这一关方可推荐入院。而现在就看这位名为李仙侣的晚辈是否真的如李桐所说的文采斐然了。

卫敬言端起茶杯轻啜一口，转而看向李仙侣说：“听你先生说，你十五岁时曾在梧桐树上刻过一首诗，我有些兴趣，能否告诉我刻的是什么？”

李仙侣有点紧张，没想到这件小事儿先生竟然也告诉了卫老，说：“小时玩闹，不敢入先生眼。”

“无妨，走，随我到书房来，写给我看看。”说着将李仙侣领进了书房。

李仙侣接过毛笔在纸上将自己十五岁时写过的那首诗又写了一遍：“小时种梧桐，桐叶小如艾。簪头刻小诗，字瘦皮不坏。刹那三五年，桐大字亦大。桐字已如许，人大复何怪。还将感叹词，刻向前诗外。新字日相催，旧字不相待。顾此新旧痕，而为悠忽戒。”

卫敬言看着李仙侣写的，满意地点点头，在他写完之后又问他：“都学了什么书了？”

李仙侣闻言一拱手，知道这是卫老在考量自己的学业，面上现出严肃之色，认真且谦虚地回答：“‘四书’‘五经’皆已经学完……”

第七章　林松月为情所困

夕照山庄里的林松月此刻如同坠入冰窖，故作镇定地笑着说：“干娘想来思虑仔细，你觉得好就好。”

林松月坐在林夫人身边浅笑嫣然，伸手端起茶杯。

林松月口中的干娘便是现在夕照山庄的当家林海昌的正妻陈晴，林家的当家主母，也是林溪烟的母亲。

三个月前，林溪烟在无影山小住的时候收到一封家书，说是家里有事，便提前回到了林家。林松月以为是林家生意上的什么事情，却怎么都没有想到，会是林溪烟的婚事。

方才陈晴让丫鬟给她传话，让她过来玩，来了之后却看到宋家的当家主母带着自家小女儿宋月笙还有程家的小女儿程舒。

陈晴看到林松月后眼中含笑，连忙把她喊到身边，叮嘱她好好看看程舒和宋月笙，看看这两个人哪个更适合与林家结亲。

林松月想了想，林家的大哥林溪远早已经成亲了，孩子都已经开始牙牙学语了，二哥林溪廉也已经于年初成亲了，而二夫人家的林洛才十六岁，还不到成亲的年纪，至于林渭则更小了。

所以，猜想这是为了师兄的婚事。林松月轻啜一口茶，只觉得苦涩自舌尖一下子蔓延到了心里。

面前的程舒小姐螓首蛾眉肤如凝脂，穿着一身鹅黄的衣衫，说不出的可爱迷人。

而另外一位宋家小姐宋月笙则更是漂亮。一双剪水秋瞳，眼波流转之间脉脉含情，齿若编贝、手如柔荑、指如削葱根，低头垂眸之间，饶是林松月一个女子都忍不住心生怜爱。

更何况，早年间便听闻林溪烟小时候曾见过宋月笙，当年便说长大后要娶宋月笙为妻。而自己呢……

林松月内心一阵苦涩，一口饮下杯中的茶。

陈晴看着林松月，了然于心，但面不改色，依然言笑晏晏地与几人说着话。

林松月拉着陈晴说："干娘，倩倩妹妹在不在家？好久没有见到她了，颇有些挂念。我想去看看她。"

"倩儿在房中呢，你便去吧，记得等会儿带着倩儿过来一起用饭就好。"

"好的，干娘，我先过去啦。"说着又对旁边的四个人施了施礼转身离开。

宋夫人看着林松月离开，忍不住对陈晴说道："陈姐姐，这位可是溪烟那个师妹？"

陈晴点点头，看着林松月离开的房门说："是啊，这丫头被她师父惯坏了，没有几分女孩该有的娇俏可爱，反倒是有男孩子的性格，颇为率性潇洒。"

程夫人也在一旁感叹着说："是啊，看她说话做事，只觉得若是一个男儿身那该多好啊。"

陈晴也叹了一口气："她啊，终究不是大家闺秀，不能和笙儿、舒儿相比的。”

林松月是习武之人，耳目本就比别人要好。几人对她的谈论她仿若未闻，只顾着往前走，但是心中的悲切却是怎么也掩盖不了。

使劲儿向上眨了眨眼，努力不让眼眶里有泪花，林松月转身便走，袖中的拳头紧握，指甲扎得掌心一片红痕犹不自知，只觉得像是有一个大磨盘一样压得她心口闷痛，难受不已。

她这一趟到底是过来干什么的啊？就是为了眼睁睁地看着师兄成亲的吗！

“松月！”

是林溪烟喊她的声音，林松月一怔，脚下却没有任何停留，反而走得更快了，眨眼间消失在拐角。

在她身后不远处站着的林溪烟皱了皱眉头，却又带着几分无奈，说：“这丫头整日里风风火火的。”

一旁的林洛留恋地看着林松月消失的背影，又收敛了眼神说：“松月姐姐可能是急着去找倩姐姐，没有听到你的喊声。”

林溪烟闻言转过头看着林洛笑，说：“是是是，你的松月姐姐什么都是好的。”

林洛不好意思地低头说：“三哥你不要取笑我啊。”

林溪烟正经道：“我可没有取笑你。不过啊林洛，你还小，你要学会分清你对松月究竟是什么感情。你们两个一个是我的弟弟，一个是我的妹妹，都要好好的才好。”

“我知道啦，三哥！”林洛看着林溪烟笑了笑。

自己的三个哥哥，林洛最喜欢的就是面前的三哥林溪烟。虽说自己和妹妹都是林家二夫人所生，但是三哥从来没有因为自己的出身而疏远过自己，就像是自己的亲哥哥一样。

林溪烟伸手摸了摸林洛的头没有说话，但是脑海中却想着刚才林松月的背影，心中怅然若失。

林松月脚下不停，一路直奔林倩的房间。

丫鬟春迎惊喜地喊："哎呀，松月小姐！小姐！松月小姐来了！"

林倩听到春迎的喊声，扔下手中的绣品走出来，就见林松月正迈步进来。

"月姐姐！"林倩说着高兴地迎了过去，"月姐姐真的是你啊，我前几天还梦到你过来呢，没想到今天你真的过来了。"

林松月伸手刮了刮林倩的鼻头说："就你会梦，每次我来都能被你梦到。"

林倩笑着躲了躲，挽住林松月的胳膊说："那是因为我太思念月姐姐了啊，整日地盼着月姐姐过来玩。"

林松月原本的悲伤被林倩的一番笑闹缓解了不少，伸手拿起刚才林倩随手扔下的绣品，看了看说："不错，我们倩儿越来越厉害了。"

林倩笑嘻嘻地从林松月手中抢回来绣品，继续放到一边，又招呼林松月坐到另一边，将茶水和糕点都放到林松月触手可及的地方，才说："月姐姐，你这次能在这里待多久啊，我有好多事情要和月姐姐一起做啊！"

林松月又想起刚才听到干娘说师兄的婚期在年底将近的时候，她们的谈论深深刺激到了自己，刚刚有所回转的心又被狠狠触碰到了。

"啪嗒"一声，眼泪滴在桌子上，林松月再也忍不住，瞬间泪雨滂沱。

林倩吓了一跳，连忙拿着手绢给林松月擦眼泪，担心地问："月姐姐怎么了？可是有谁欺负你了吗？不要哭了，谁欺负你了让我哥哥帮你打回去。”

林倩此话一出，非但没有安慰到林松月，反而让她哭得更厉害了。

林倩与林松月的相识已经有十年之久了，这十年间她的月姐姐永远都是在笑着闹着像一个女侠，还从未如今日这般哭过一次。哭得林倩的整个心都揪起来了，只恨自己不能分担林松月的悲伤。

看着林松月趴在桌子上哭得肩膀一耸一耸的，林倩只觉得一股子难过涌上心头，也跟着哭了起来：“姐姐，你不要哭了啊，你一哭我也要哭了，呜呜呜……”

外面的春迎正端着点心过来，忽然听到屋内哭声一片，大吃一惊，连忙跑进来将点心放到桌子上，一脸的担忧：“两位小姐怎么了这是，怎么忽然哭起来了？”

林松月看着林倩哭得梨花带雨的，伸手给她擦了擦眼泪，说：“傻子。”

林倩伸手自己擦了擦眼睛，又接过春迎递过来的手绢给林松月。

林松月方才就是情绪忽然涌上来控制不住，此刻哭过一场之后，只觉得满心的苦涩都随着泪水消逝了，心里反而畅快了一些。想到刚才自己的样子一定很是丢脸，装作凶巴巴的样子对春迎说：“春迎，今日的事不能说出去哈，如果有第三个人知道我哭了，我就拿你是问！”

春迎连忙说：“好好好，小姐请放一百个心。”给两位小姐续上茶水，便以去小厨房拿小点心为由离开了。

林松月心情平复下来后才对林倩说：“我没事儿，刚才就是一时忍不住了，谁还能欺负到我啊？”

林倩可不信她这话。十年前三哥带着林松月回林家暂住，两人便认识了。虽说松月姐姐大多时间都在无影山上住，但是林倩对女孩心思可是看得清清楚楚。

只是自家那个傻三哥，空有一个大个子，傻乎乎的不懂月姐姐！

想到这里林倩忽然一愣，几日前去母亲那边请安的时候好像听母亲谈起三哥的婚事来着，又说过宋家的姑娘是出了名的大家小姐，让林倩多跟她玩玩之类的话。

当时林倩也未在意，但是想到前些日子三哥忽然回家，难不成母亲是想要三哥娶宋家的姐姐？

看看林松月的样子，再结合最近发生的事情想一想，林倩只觉得自己猜得八九不离十了。

可是，松月姐姐喜欢哥哥啊……

林倩看着面前的人，心里忍不住想叹气。自家爹娘最是看中三哥，对三哥这婚事必定是慎之又慎。而松月姐姐不过是三哥的师妹。

而且好像听说松月姐姐并不是林老的亲生闺女，而是他早年游历时捡到的一个小女孩，被林老收为了义女。

林倩伸手为林松月倒着茶，心里却是五味杂陈。

她将茶水递到林松月面前，说：“月姐姐这样说，我便这样信了。”见林松月不多说，林倩也不好多问。

不一会儿，春迎过来说是刚才夫人那边的姐姐过来通知了，一会儿两位小姐都去夫人那边吃饭。又打了水让两人重新洗漱一下收拾一番。

而林松月想到坐在那边的宋月笙和程舒，心里就一阵酸楚，只想找个借口不去，不想面对。

林倩见林松月满脸委屈，整个人恹恹的，也不多说，只是伸出手握住了她的手，说：“姐姐，走吧。”

到了那里一看，果不其然，宋家和程家的人都在。

几人落座后，宋夫人挨着宋月笙，程夫人挨着程舒，林倩和林夫人坐在一起，林松月看着这三对母女，一顿饭吃得味同嚼蜡……

第八章　李仙侣拜师卫老

林家这边开始吃午饭了，卫家那边卫老对李仙侣的考验也落下了帷幕。卫敬言看着面前站着的人连连点头很是满意，李桐信上所说不假。

此人果然学得不差，而且胸襟开阔，比现在书院里的大部分学生都要好，就算明年去参加童试也会考个不错的成绩。进未名书院，也未尝不可。

想到这里，卫敬言对李仙侣说："谪凡可曾拜过师？"

李仙侣恭敬地回道："没有拜过师，不过说起来李老先生可以算是我的师父吧。"

闻言卫敬言满眼赞许，心道这小子不错，知道感恩，便说："你这小辈蛮合我心意，我收你为徒，可愿意？"

此话一出，李仙侣抬起头不敢置信地看着卫敬言，满眼欣喜地说："卫老……您您……"在看到卫敬言满眼笑意之后，立马跪在地上，行了一个大礼，说："师父在上，请受徒儿一拜。"

卫敬言伸手扶起他来，说："我看你资质不错，而且能举一反三，是个苗子。以后潜心修学，莫忘初心，早日功成名就。"

“是！师父！”

卫敬言召唤小厮去餐厅摆上午饭，又通知他们将自己的小儿子和小女儿找来，便领着李仙侣往餐厅走去。

没过多久，李仙侣就见到卫秋霜走了过来。卫秋霜抬头一看竟然是李仙侣，很是惊喜，粲然一笑却又立马低下了头。想起方才小厮说自家爹爹刚才新收了一个徒弟，却没想到是仙侣哥哥。想到这里又偷偷看了一眼李仙侣，恰巧与李仙侣看过来的目光撞在一起，羞得赶紧低下了头，满心的甜蜜。

而这一幕恰巧被刚进屋的卫冬寒看到。

卫冬寒看了看自己姐姐，又看了看站在父亲旁边的男子，走向卫敬言道：“父亲。”

卫敬言让几人都落座之后，对卫冬寒和卫秋霜说：“这是我刚收的徒弟，李仙侣，字谪凡，是你们的师兄。”

说完又对着李仙侣说：“这是我的小儿子冬寒，小女儿秋霜。你的另外两个师兄都未在家，今天先一起吃个饭，改天等他俩回来了再介绍给你认识。”

李仙侣站起来行礼道：“师弟，师妹。”

卫冬寒和卫秋霜连忙站起来回礼。

介绍一番之后，重新落座，卫冬寒看了看姐姐，又看了看李仙侣，突然张口说：“师兄，你和我姐姐之前就见过吗？”

此话一出，整个房间霎时间陷入沉寂。

卫敬言警惕地打量了一眼自家的女儿，卫秋霜低下了头，卫冬寒则盯着李仙侣。

李仙侣放下手中的筷子转向卫敬言说：“方才来师父家的时候，因为东四街这边路有点绕，我和名九分不清是不是该往这儿走了，问了一下路人，恰巧被师妹听到了，师妹便告诉我往这儿怎么走了。”

“哦？这么巧的吗？”卫冬寒一挑眉，打量着李仙侣。

李仙侣面色不变，微微浅笑，没有丝毫的慌乱，好像没有听出卫冬寒嘴中的怀疑。

卫秋霜却忽然抬起了头，嗔怒地责怪卫冬寒，说：“冬寒，不要这么不礼貌，这位李公子可是救了姐姐啊，是我的恩人啊。”

卫秋霜这话一出，连卫敬言都愣了，看着女儿一脸严肃说：“霜儿，怎么回事儿？”

卫秋霜抬起头，撇了撇嘴对父亲说：“事情是这样的，上午我和小桃出去买东西，因为车夫李大哥家的儿子生病了，就没有坐马车，我们两个走着回来的。

“没有注意到有两个人一直跟着我们，是正好来咱们家的李公子发现了，用问路的方法拖住他们，想让我和小桃快些走。

“我忽然听到他打听我们家怎么走，就告诉了他具体位置，然后那两人见我们一行四人，就跑了。……”

眼见卫敬言和卫冬寒的脸色越来越黑，卫秋霜声音越来越低。

卫冬寒一听急了：“姐姐！”

卫冬寒是卫家最小的孩子，但是最爱的就是姐姐。打小起就特别特别地在乎卫秋霜，要不然也不会就凭刚才进门看到的一个眼神就对李仙侣心生不喜，也不会故意在饭桌上宁愿失了礼数也要问他了，只是怕姐姐受人欺骗。

卫老的名声在外，卫家只有这一个闺女，不知道有多少人在打着卫秋霜的主意，以图能入了卫老的法眼。

所以刚才一进屋看到姐姐居然对眼前这个男人笑了，卫冬寒的警戒心瞬间就提了起来，姐姐傻乎乎地看不清周围的人，作为弟弟是一定要看好了的。

现在忽然听到就在自己不知道的时候，姐姐被坏人盯上了，还差点出事，他看着卫秋霜一阵后怕！

“胡闹！”卫敬言也是吓得心里一跳，看着没有丝毫悔过的女儿，气得出言训斥。

卫秋霜委屈地看了看卫敬言，小声喊：“爹爹。”

“跟你说过多少次，现在并不是太平盛世，眼看着当今……”说到这里，卫敬言顿了顿说，“以后切不可这么胡闹，今天你是恰巧遇到了谪凡，如果他们两个没有出现，你万一出了事情，让爹怎么活？怎么跟你死去的娘交代！”

“爹……我知道错了。”卫秋霜又羞又恼，低着头红了眼眶，心里满是委屈。

她不想让仙侣哥哥看到她被父亲训斥的样子，又恼了自己思虑不周让父亲担心。

卫敬言有三个儿子，却只有这一个女儿。妻子因病走得早，临走时最放心不下的就是小女儿秋霜，要他一定要照顾好她。卫敬言原本就偏爱小女儿，得了妻子的托付之后更甚了。那真是捧在手里怕摔了，含在嘴里怕化了，宠在了心尖上。

之前就多番叮嘱她，如今天下不太平，让她出行时切要小心。哪承想今天就遇到这样的事情，这也幸亏是遇到了李仙侣两人。

现在再看李仙侣，卫敬言是越想越满意，此人帮了自家小女却丝毫没有透露出来，更没有利用此事从自己这里获得什么好处。这番侠义心肠也是难得，当今天下蝇营狗苟之辈随处可见，真正坦坦荡荡的反而愈发难找，这个徒弟自己真的是收得对了。

卫冬寒举起茶杯站了起来，满脸感激地对李仙侣说：“冬寒以茶代酒，多谢李师兄救了我姐姐，方才多有冒犯，还望李师兄不要介意。”说完之后一杯饮尽，对李仙侣亮了亮杯底。

李仙侣忙站起来，举起茶杯说：“师弟客气了，这是我应该做的，若是师弟遇到这样的情况，也会如此做的。”

卫敬言伸手让李仙侣坐下，又给他夹了一筷子菜，说：“真是多亏了你了。”

“师父客气了，徒儿身为一个男子，路见不平拔刀相助都是应该的。”

“好，好，好！”卫敬言连道三声好。

卫秋霜在旁边看着李仙侣，突然间内心有个羞涩的感觉毫无来由地侵袭了她，她在靠椅里往后缩着，涨红了脸。

这一顿饭吃得是宾主尽欢，卫敬言又将李仙侣留了大半天，下午才让他和名九回去。

在得知自家徒弟住在夕照山庄的雅园之后，卫敬言惊讶不已，并且叮嘱他可放心与林家人交好，林家在朝中有人，以后若是李仙侣走仕途，认识林家人也好多一条门路。

卫敬言又想了想进书院的事情，便交代李仙侣三日后再来卫家一趟。李仙侣一一应下之后才离开。

临走时李仙侣又收到了小桃送过来的几盒点心，说是小姐让厨房的下人备的。见卫敬言没有什么不喜，李仙侣道谢后便收下了。

因为卫家的车夫不在，便没有安排马车送李仙侣和名九回去。两人走在回去的路上，秋风徐徐吹过，李仙侣心里感慨不已。

这条路来时走一遍，归时走一遍，却已经是完全不同的人生。

来的时候他表面上风平浪静，心里却忐忑不安，担心自己能否见到卫老一面。

回去的时候却可谓意气风发，脚下的青石板一路延伸而去，就像是原本渺茫的路，忽然就一下子通向了脚下的这条康庄大道。

卫老可以说是当今有名的大儒。他从来没有想过自己有朝一日可以拜在卫敬言的门下，甚至可以去天下闻名的未名书院读书。

金黄色的太阳在李仙侣和名九的身后徐徐落下，映照得原本一身白的李仙侣像是发着金黄色的光。

名九哼着不成调的小曲，拎着卫老家给他的小吃，心满意足地一路小跳。

李仙侣一步一个脚印，心中暗暗下了决心：定要走出一条属于自己的路！

第九章　林松月借酒浇愁

李仙侣和名九走到雅园的时候，天已经将黑未黑了。小院门口的灯笼散发出红红的光来，在这暮色四合时甚是好看。

李仙侣推开院门，刚要进屋却忽然一愣，转头看向木槿树下的石桌旁，依然是上次的那个位置，看到了独自坐着的林松月。

咦？松月怎么一个人坐在这里？李仙侣心中疑惑。

林松月听到脚步声转过头，看是李仙侣，打招呼说道："回来了？来喝一杯。"说完也不等李仙侣的回复，仰头喝完杯中酒水。

一阵酒味扑鼻而来，走得近了才看到石桌上有一碟花生米、两壶酒。

李仙侣看了一眼林松月，满腹的疑问，却一句都没有问。转身让名九把拿来的点心摆在桌子上，又安排他去炒了几个小菜。自己则是拿了两支蜡烛，点燃之后放到石桌上。

蜡烛的光辉让林松月皱了皱眉，却也没有多说，只是拿起酒壶一杯又一杯地斟满，手中捏着酒杯，余光中看着李仙侣忙忙碌碌的身影，忽然间就红了眼眶。

一餐午饭结束，下午林夫人则喊来了林溪烟，让他安排送程夫人和宋夫人回去的事宜。

说是安排事情，事实上却是让林溪烟见见程舒和宋月笙。想象着师兄看到宋月笙和程舒后惊喜的目光，林松月只觉得一颗心像是浸泡在黄连水里，苦不堪言。

李仙侣看林松月这酒喝得一杯又一杯的架势，伸手拦了一下说："借酒浇愁愁更愁。"

听到这话，林松月抬起头看了李仙侣一眼，俏脸微红眼带湿意，原本的几分清寒消失不见，露出了小女儿的娇态。

林松月轻笑了一声，拿起酒杯一边倒酒一边说："那你应该也知道，何以解忧，唯有杜康。"

李仙侣笑了一下，没再说话。只是拿起面前的酒杯倒上一杯酒，一饮而下。

林松月真是有几分醉意了，不知是李仙侣此人真的很对她脾气，还是此时只有李仙侣在她面前，便继续说："仙侣，我忽然想问问你，你们男人喜欢什么样的女人？"

听到这话，李仙侣一怔，不明所以地看着林松月。

林松月见李仙侣怔怔地看向她，原本身上的不食人间烟火霎时间消散，变成了一个傻乎乎的小子，忍不住笑了起来，坐到李仙侣身边，伸手摸了摸李仙侣的头说："是姐姐错了，姐姐忘记你还是个小男孩呢。"

李仙侣看出林松月已经醉了七八分了，否则不会自称起姐姐来，他用力一把抓下林松月的手。

"哎哟哟，你那么用力抓我手干吗？弄疼我了！"林松月的手幸亏被李仙侣握在手里，才能在醉得东倒西歪的时候没有从石凳上摔下去。

李仙侣握着林松月的手一使劲才拉住了她，只觉得林松月的手凉凉的，没有想象中那么软，或许因为习武的缘故，摸到了她手上由于经常拿剑而磨出的茧子来。

看着兀自笑着的林松月，李仙侣顺着刚才的话题说："男人喜欢的女人我觉得没有什么可说的。有的人喜欢活泼可爱的，有的人喜欢温良贤淑的，而有的人喜欢媚态天成的。每个女子都有她独特的美，总有人喜欢的。"

林松月收敛了笑容，拿起杯子喝了一杯酒，沉默了好大一会儿才说："像我这种舞刀弄剑的女子只适合行走江湖吧？"

"你是女侠！配英雄。"

"英雄……"松月的脑海中立刻浮现出一个人。

李仙侣对于面前这个侠女的一反常态不知所措，他想不通到底是什么难事困住了性格刚强的她。可是他又不知道怎么去劝说一女子，嘴巴动了动却什么也没说。

"你说，人，如果不会有情感的寄托该有多好。"林松月终于忍不住，喃喃自语。

听到林松月这话，李仙侣现在回过神来了，合着眼前这人之所以喝酒，是为情所伤啊。

林松月扭过头看着李仙侣说："仙侣，你说我应不应该去告诉我师兄？"

嗯？正题来了，李仙侣正了正身子，问林松月："说什么？"

"我是不是没有和你说过，我虽然姓林，但却不是夕照山庄的林。"

李仙侣一怔，看着林松月没有说话。在林松月喊林溪烟"师兄"的时候，他是有过这个猜测，没想到却是真的。

林松月继续说："我师兄是夕照山庄的三公子。小时候他随家人外出在路边我家的茶馆歇息时，却遭遇歹徒的袭击。我爹虽然不会武功，但是怎么能忍心看着孩童命丧刀下？于是替师兄挡了一刀，不幸殒命。”

李仙侣若有所思。

林松月沉默了一会儿才继续说：“师父恰巧路过，和朋友一起打退了歹徒，救下了师兄和我，并且收师兄和我为徒，教我们读书写字，学习武功。我以为，这样的生活我们能过一辈子。在无影山上，我们三个人，一直这样过一辈子。就这样看书识字，学习武功……”

她的眼中满是柔情，透过她的眼睛仿佛看到了她描绘的日子，那种日出而作日落而息、相爱之人陪伴一生的生活。

李仙侣望着林松月，忽然有点心疼。

林松月叹了一口气，说：“可他终究是夕照山庄的三公子，而我呢，不过是山野之人，是义女。以前我总觉得人与人之间是平等的。我真心待你，你真心待我，外在的都是虚无的。现在却发现是我太天真，这天下之人三六九等，又哪里会有什么不分的？”

林松月的眼中一片晶莹，却始终没有落下泪来，叹了一口气说：“问世间情为何物，直教人生死难求啊……”

李仙侣想要安慰她，却又不知道怎么安慰，只能是拿起手中的酒壶为她倒满了一杯酒。喝吧，喝醉了，或许也就忘了。在他眼里，林松月是爽朗的敢爱敢恨的女子。

林松月看着酒水满了杯子，忽然抬起头看向李仙侣说：“如果你是师兄你会怎么想？家国天下，还是平安度日安稳一生？”

家国天下，还是平安度日安稳一生？

李仙侣捏着酒杯，仰头喝下一杯酒。这家国天下，岂是他能选择的？

第十章　问世间情为何物

“情不知所起，一往而深，生者可以死，死可以生，生而不可与死，死而不可复生者，皆非情之至也。”

李仙侣放下书册，叹了口气，仰头看着窗外清清冷冷的明月，为这情之事而感慨万分，也为这书中杜丽娘的爱情所不解，更为自己的情感到迷茫。

情到底为何物？

竟能叫人生死相许，甚至是起死回生？

他李仙侣不懂。

但他却知道，林松月对林溪烟，大概就是一往情深，倾心相许。

不过林溪烟对林松月又如何呢？

是我见青山多妩媚，料青山见我应如是？

还是落花有意流水无情？

他怎知道？

不管是哪一种，想必都不是林松月要的结果，这迟早会伤着林松月，或者已经伤了。

最难知情殇。

“唉。”想到这里，他又叹了口气，林大哥想必把林姑娘确是当作妹妹一般看待吧？

“公子，您这一晚上不停叹气，是不是想家了？我也想家了，我想村外小溪里的黄鱼儿，也想咱家后院的小花园，虽然没人家这儿阔气，但总让人暖心。”

名九翻了个身，换了个姿势，嘟囔着。

“哪有！赶紧睡你的。”李仙侣怎么会承认，当初是自己执意要出来的。

李仙侣今夜将林松月送回去后，就觉得这小院一阵清冷，甚至显出几分幽森，所以把名九拉过来同睡，就像小时候似的。

不过名九非得按照那“少爷下人”的一套规矩，死活不愿意上床，最后只好拉了一床被褥睡在李仙侣床下，陪着少爷。

躺在床榻上的人却十分羡慕那躺在床下的人。无忧无虑，只需要一心伺候着少爷，便再无半分烦恼。

哪像那床上之人，自己想做的不能做，家里还要逼着经商，这天下间转眼又不太平，苍生受苦，百姓遭罪，这人哪，活着真累。

李仙侣忽然忧愁起来。

若这天下当真大乱，他又该何去何从？

去参加科举考试，今后朝廷为官？

去找一处像林家一样的世外桃源？

还是如父亲所说，独善其身，为自己谋福利？

忽地，他又想起自己出门来的遭遇，先是遇到劫匪，被林溪烟救下，又遇到黑店，庆幸被林松月救下，还莫名其妙地结识了魏忠贤，不知是否被卷入了一场未知的战争。

真是世道艰险，活人好难。

自己空有一腔志向，却无施展之地。

如做一商人安稳度日，省去了庙堂里的勾心斗角，也不必冒那江湖风险。

只是，他实在是心中难平，尤其是在看了这一路的“满目疮痍”之后……

李仙侣翻来覆去，想着以后的事情、未来的谋划，最后在名九的喃喃低语中，沉沉地睡去了……

次日大早，夕照山庄里传来一阵阵嬉笑声和女眷的玩闹声，这如小鸟般的美妙声音让李仙侣再难入睡，虽然昨夜思前想后睡得很晚，但还是挣扎着爬了起来。

今儿个可是拜师之后的第一天，怎么着也得早早去给师父请安才是。

“小九？人呢？”起床之后，他却意外地发现平日里本该打好洗脸水等着自己起床的名九竟然没了踪影，而房内又没有洗脸盆。

正在心中起了疑团，名九得意而又开心的声音就从屋外传来。李仙侣随手轻轻地用湿布擦了擦脸，推开了房门。

却见名九和林松月以及林家小姐林倩一脸笑意地从院外走进来，他赶紧转身进屋。

“跑什么？莫非本姑娘还能吃了你不成？”林松月似乎从昨夜的“情愁”中缓了过来，口中轻笑着喊道。有一种内心坚强的人，痛苦也只是在当下，过后会努力让自己不去多想，也许她就是这类女人。李仙侣内心作出对一个女人的评价。

一旁的林倩闻言乐不可支，而名九立马想起来，自己竟然忘了给公子打洗脸水，赶紧低呼一声，小跑着冲进了屋子。

一番洗漱后，李仙侣才与带着一脸歉意的名九走出屋子，一边教训名九，一边拿刚才的事解释。

“让二位见笑了，这臭小子见了貌美的姐姐就走不动路，欠管教。”李仙侣破天荒地玩笑了一句，引来林松月和林倩的捧腹大笑。

看到这一幕，李仙侣心里也算长嘘了一口气，昨夜还在担心林松月会想不开，看来是自己多虑了。她的身世和成长经历让人同情，但她的遭遇也同时塑造了她强大的内心。

他早已经看到了一幕幕人间悲剧，但却无力改变其结局，所以他希望林松月能在这些日子里尽量开心，能让她多笑笑，就算自己尽了一点朋友之情。

似是忽然想起这二人不知为何来找自己，李仙侣暗道声“惭愧”，赶忙道：“二位姑娘不知找我何事？”

话音刚落，他又想起自己还没给师父请安，眼看着天色大亮，这再不去可就晚了。

拜师后的第一天就迟到，李仙侣一想到这儿就浑身冒汗，但是眼前这二人一个是自己的救命恩人，一个是自己暂住的主家，怠慢了谁都不是自己所愿啊。

“叫你游街，听说城东逸仙阁有诗会，宋城各大才子佳人都会到，我想小李子可能想去会会同龄人，也好结交些同好，以后入了官场，也好有个照应。”林松月周到地说到。

李仙侣闻言却是一皱眉：“可是我还要给师父请安，况且这作诗，我不是很擅长啊。”

“男子汉大丈夫，这么点底气都没有，以后怎么入朝为官？”林松月却学着自己师父的样子老气横秋地双手叉腰道。

“呃，那要不要叫上林公子？”名九在一旁兴冲冲地问道。

然而，一旁的三人却齐声怒道：“不要！”

一阵安静，继而三人一齐笑出声来，随后李仙侣带着林松月和林倩以及名九从侧门出了夕照山庄，直奔卫家而去。

走在路上，三人又想起刚才的事，心有灵犀地相视一笑，原来是各有心思，却都是好意啊。

许是李仙侣心急，便走得快了几分，不一会儿四人便到了东四街的卫老先生家，在经过卫秋霜热情的招待后，两位林小姐欢快地拉着卫秋霜问东问西，不一会儿便打成了一片。

而卫老则并没有和李仙侣讲什么，而是提点了几句逸仙阁的诗会，似乎是想让李仙侣前去露露脸。

李仙侣一下便听出了老先生的言下之意，便在请安之后，带着两位林姑娘和卫秋霜一起前往逸仙阁。

看着卫秋霜满脸羞红地跟在李仙侣身旁，林松月和林倩相视一笑，却是看破了别人的女儿心，看不破自己的。

一行六人一路有说有笑地前往逸仙阁，丝毫没有顾忌什么“大家闺秀应有的作风”，按照林倩的话说就是：“我夕照山庄乃江湖侠士所居，岂能如小女儿般惺惺作态，大门不出，二门不迈？便是路见不平，本姑娘还想拔剑相助呢！”

这话听得林松月和李仙侣捧腹大笑，倒也让一旁的卫秋霜震惊地张大了小嘴，半晌说不出话来，最后，她竟然对这两位“姐姐”产生了敬佩和羡慕之情。

毕竟不是所有女儿家都能有这种“豪气”说出这些话的，卫秋霜就不行，从小便受到父亲的观念灌输，让她不得不时时约束自己的行为，但在她的心底，实际上十分渴望这种洒脱的生活。

不多时，逸仙阁便近在眼前，奢华宏伟的建筑彰显着宋城的繁华景象，鼎沸的人声和外面路旁那数不清的难民形成鲜明的对比。

还没进门，李仙侣便感到一阵胸闷，不知为何，他忽然间对这里充满了不祥之感。

似乎是看出他的表情变化，林松月附在他耳旁低声问道："怎么了？"

李仙侣猛然间看到林松月距离自己如此之近，脸色瞬间通红，支吾着几句话搪塞过去。林松月还以为他是因为从没见过这种大场面而感到紧张，便安慰似的拍了拍他的后背，以示鼓励。

恰好，这一幕被一旁的卫秋霜看在眼里，心中顿时不是滋味，暗暗揣测这位"林姐姐"和李仙侣的关系，莫名地对她产生了些许醋意。

不过随后又察觉到自己心意变化，不由得脸一红，暗啐一声，埋怨自己竟然如此小肚鸡肠，和两位林姐姐的胸怀又差了许多。

六人便带着种种心思进入了逸仙阁，刚一走进，一阵阵声浪便让人感到一晕，随着渐渐适应，才恢复了平静。

"诸位才子佳人是来参加雅会的吗？"

就在这时，一个小厮打扮的青年一脸堆笑地凑了上来，对着李仙侣问道。

李仙侣一时间不知该说些什么，愣在了当场，就在他感到面上发烧的时候，一旁的林松月却一步上前对着小厮道："不错，我等几人确实是来参加雅会的。"这雅会，是从三国时期便有的文人盛会，只是到了明朝词文繁盛，实则已演变成诗词文会，无论官阶和出身，斗文斗艺，来无白丁，朝廷也是乐见这一百花齐放的文化盛景。

"这边请！"那小厮看了李仙侣一眼，眼中闪过一丝不屑，对着林松月一笑，转身朝着另一处大厅走去。此时的李仙侣自然不是什么大儒，还只是寂寂无名的小辈，谁也不曾料到他多年后会成为历史奇人。

李仙侣跟在林松月身后满脸懊恼，心道自己为何如此不争气，以前在话本上看到人家那些才子都风度翩翩，谈笑风生，即便是刀剑在前也不变色，而自己实在是太差了。

他不断地鼓励自己，不断地观察四周那些谈笑自若的公子哥，不断地暗自学习着。

渐渐地，他走路的腰板也直了，表情也变得自然了些。

一旦熟悉了这里的环境，李仙侣便迅速如鱼得水起来，心中的那股书生意气也慢慢充斥心头。

看着李仙侣一脸的神采奕奕，卫秋霜如痴如醉了，忽然觉得一阵脸红耳热，迅速地低下了头。

第十一章　四大世家的雅会

就在众人找到一处空座坐下后，林松月大方地点了几道小菜、几壶小酒，爽快地招呼大家边吃边等雅会开始。

等了约莫一盏茶的工夫，就听场间原本的吵闹忽然一静，被这变化一惊的众人齐齐朝着装饰奢华的大厅中央看去，却见一蓝袍文士不知何时出现在那里，手拿一柄白玉折扇，端的是风度翩翩。

“多谢众位才子佳人能赏脸前来我四大世家举办的雅会，多谢，多谢。”只见他略微作揖，显得很有礼。

场间众人立刻纷乱地应答着，倒是让竖着耳朵没有出声的李仙侣几人听出了名堂。

“蓝先生客气，王家客气了。”

“蓝先生说的什么话？”

“四大世家的面子谁能不给？”

“真是客气。”

一旁的林倩见李仙侣满脸疑惑，便开口对众人解释道：“这宋城四大世家指的是赵、王、刘、李四家，各家都在京城有高官或是富甲一方的大商贾，所以地位不俗，不过在这宋城，都要给我夕照山庄几分薄面，而此次雅会便是由他们牵头，各个小世家和未名书院也参与在内的盛会，想来卫先生邀你参加便是为了那未名书院。”

李仙侣闻言轻轻一笑：“姑娘所言有理，不过林小姐哪句话到最后都免不了要夸你夕照山庄几句。”

林倩脸一红，觉得自己失言了，便不再说话。

一旁的林松月等人纷纷偷笑。

“承蒙各位照顾，在这逸仙之阁，能汇聚诸多才俊，此地虽无崇山峻岭、茂林修竹，但却是我宋城繁盛之地，诸位就此安坐，雅会即刻便开始。”

就在这蓝先生还要张口说话时，一个一听之下便可被认定为纨绔之辈的声音忽然闯出：“喂，蓝老头，要开始就开始，讲那么多废话做什么？我怀里的诗词都已经捂得热乎，忍不住往外跳了，赶紧的。”

众人循声看去，又是一阵喧哗。

“这人是刘家小公子，最是不成样子，纨绔之辈，偏偏喜欢附庸风雅，时常花钱买诗，写上自己的名字到处招摇，但是众人碍于刘家势力强大，都不怎么点破，没想到这家伙也来捣乱了，刘家的人也不管管。”

林倩对宋城的局势、人物还是略有了解的，不料，她这话刚一说完，一旁桌子的一个文弱书生便出声道：“姑娘想必也是不甚了解吧，这刘小公子如此纨绔，是有原因的。”

“什么原因？还望兄台多指点。”李仙侣抢在林松月和林倩之前抱拳出声道，倒是有些江湖气在内。

“好说，客气，”那书生嘬了口茶，这才道，“这刘小公子乃是当今刘家家主未起家时的结发之妻所出，这刘老爷爱夫人可是宋城出了名的，但是当年刘夫人迟迟不能生子，刘老爷碍于母亲之命，无奈下娶了一房小妾，生下刘大公子。

“后来，刘夫人终于产下一子，但却难产而亡，这孩子便是这刘小公子。刘老爷自纳妾后便一直对刘夫人心中有愧，自此后更是愧上加愧，便对这刘小公子宠上了天。

“不过好在这刘小公子虽然纨绔，但是秉性不坏，只是比较胡闹一些，所以宋城诸家才对其放纵宽容，更是避让几分，你看。”

那文弱书生刚说完，李仙侣便转头看去，只见那蓝袍文士苦笑一声，歉意道：“既然刘公子说话了，那我就长话短说，本次雅会，以文会友，以雅为尊，诗词歌赋，琴棋书画，各展所长，而题目，则由宋城诸多世家大儒轮流出题，而本次的评审，我们有幸请到了卫先生等诸位未名书院的大儒，大家可要好好表现。”

众人闻言，为之一振，纷纷朝着二楼一排隔间看去，想知道那些大儒到底在哪个房间，而李仙侣和卫秋霜更是激动不已，顿时紧张起来。

“雅会开始，先由宋城王家出题。”

只见一个身穿深蓝色儒袍的白发老者从二楼一间阁楼走出，手拍栏杆面带轻笑：“今日雅会乃我宋城盛事，更是我宋城文人的盛会，我王家有幸，抛砖在前，诸位敬请听题。”

楼下才俊纷纷闭口静听，整个逸仙阁竟然就此悄然无声，连外面的路人嘈杂也听不见了。

“老朽不才，在前日偶得一联，久思不得其下联，尤为苦闷，今日遇此盛事，恳请诸位不要吝啬囊中之才，以解老朽之苦。”

“王老先生客气了，尽管说吧。”

那老人微微一抚长须，张口道：“老夫前日外出游历，途经一荒山古观，歇脚之时看见道观门前残留一上联‘雾锁山头山锁雾’，老夫思量许久，难以得出下联，已经难受许久了啊。”

那老者说完，脸上仍旧是苦苦思索的表情，文人对知识的苦心孤诣在他身上体现得淋漓尽致，倒是让众人不由得升起敬佩之情，这才是做学问的大儒境界啊。

听到老人的上联，满场青年才俊才子佳人包括隔间里的各路学者大儒纷纷低头沉思。

李仙侣苦思之下没有答案，抬头看去，却见满场宾客都在喃喃自语着，或有人仰天求问，或有人俯首踱步，或是摇头晃脑，或是不断用折扇敲打自己，但在盏茶时间过后，仍旧无人应对。

这道观门前的对联隐隐透着一种仙意以及出尘之气，更有一种脱俗之意在内，让人难以应对。

“好一个回文联，这倒是有难度了。”卫秋霜在一旁檀口微张，蹙眉小声道。

一旁的林松月只有一脸茫然和好奇，对于武功门派她是了如指掌，但对于对子没有一点了解，她此刻就是一个“门外汉”。

就在这时，只听一个傲慢的声音蓦然从刘家所在方向传出，众人纷纷看去，果然是那刘小公子，只见他此时正一脚踩在面前案几上，用一种极为无礼的姿势大声道：“我前年去斗鸡山上游玩，想出一个绝对保证能让您老人家满意的。”

“我的下联是：斗鸡山上山鸡斗，怎么样？妙不妙？哈哈哈哈哈！”

场间众人先是猛地一惊，随后纷纷低笑着默而不语，这斗鸡瞬间将那出尘之意抹得一点不剩。

碍于刘家势大，没有人愿意轻易得罪他们，所以无人出声反驳指出，大家纷纷低声笑闹，场面顿时有些纷乱。

就在此时，一声极为明显的嗤笑忽然从场间传出，显得尤为刺耳，顿时让众人为之一乐，想知道是谁这么不给刘家面子，却见一个坐在一堆美女当中的书生，此刻正一脸难堪地捂着通红的脸，也许自己也被自己没忍住的笑声吓住了。

此人就是李仙侣。

“完了。”林松月等人心中一慌，在这地方得罪刘家倒是其次，主要是当着这么多人的面太过丢人，更何况李仙侣这一番举止难免让人觉得不知礼数，如果他能对出来也罢，可以算作恃才傲物，但若对不出来，那可就丢脸了。

李仙侣此刻也是有些许后悔自己的鲁莽，刚才他正沉浸在那山雾缭绕的仙境当中，却忽然听到“斗鸡”一词，顿时一幅仙境飞鸡的画面出现在他眼前，只觉得无比荒唐可笑，这才没忍住笑出了声。

而那时恰好场间正很安静，所以他这一笑，便分外显眼。

“笑什么？我说得很可笑吗？有本事你也对一个让大家伙儿听听。”刘小公子立马沉不住气，起身喝问道，其脸色阴沉，倒是颇有一种大家子弟的威势。

端坐阁楼内的卫敬言早在那一声嗤笑时，便看到了自己刚收的弟子，没有想到他会以这种方式出场，自己其实是不希望有骄傲的弟子。也许是自己多虑了，也许仙侣只是年少气盛，想到自己年轻时也是如此，便心头一动，起了考量之意。

这刘小公子的“斗鸡山”一对虽然不雅，但是却工整，若仔细品去，竟颇有雅俗共赏之趣，由此一来他对李仙侣是否能对上下联就更为期待了。

“老卫，这就是你新收的弟子？好像胸有成竹嘛。”一旁的一位长袍早已洗得发白的儒士缓缓开口，语气轻松道。

卫敬言轻声答应了一声，略有恭敬地道："让院长见笑了。"

其身后众多讲师儒生纷纷一笑，打趣这个平时颇为严肃的老头。

"也许是人家胸怀绝对，所以才恃才狂放，是吧，老卫？"

"哈哈哈，老卫这么严谨的人也有个这种刺头弟子，真是妙事啊！"

"哈哈哈。"

听着众人的笑闹，卫敬言难免有些难堪，心中暗道，若是李仙侣对不上来好对子，回去后就罚他一罚。

不过，他却没想到，李仙侣竟然不愿出来。

"你怎么了？"林松月一边把他往出推，一边埋怨道。

李仙侣此时已经满脸通红，只觉得无地自容，哪里还有什么心思对对子？

卫秋霜在一旁也是心急如焚，就在刚才，她看到了父亲既期待又有些捉摸不定的表情。

"李哥，我爹在看你，众多书院的先生也在上面。"她赶忙开口提醒道。

李仙侣闻言抬头看去，却见卫老先生一脸希冀地看着他，目光中透着一丝鼓励。

第十二章　李仙侣脱颖而出

莫名地，他想起了父亲让他放弃读书，从商为贾的事，而一种想要证明自己有真才实学的信念忽然就涌了出来，在众人的嬉笑不屑中，连自己都没有察觉到，他慢慢地走了出去，站直了身子。

“雾锁山头山锁雾……龙隐洞中洞隐龙。”他走出一步，猛地抬头道。

随后，他又摇了摇头，似是不满，约莫三息工夫，他又道：“雾锁山头山锁雾，天连水尾水连天！”

“好！”那出题的老者当先高喝，兴致高昂地不断地念叨着李仙侣对出的对子。

这两联不论是意境还是对仗都出尘脱俗，最后一对天水相连竟然隐隐地有一种自然大道的意味蕴含其中，更是有一种出神入化的气魄隐隐透出。

“好对！”

“妙！”

让人出乎意料的是，这刘家小公子虽然被人折了脸面，但竟然没有暴走，而是转身朝着他身后的一位麻袍文士低声问去：“老师，他当真对得比我好？”

只见那麻袍文士略一点头：“只高两分，一分高雅一分气势，以他这个年龄来说，确实难得。”

听得自己最尊敬的人如此说辞，一向在外人眼中嚣张跋扈的刘小公子竟然点了点头，看向李仙侣的眼神有了种崇拜的神采。

这一局，算是被李仙侣拔得头筹，众人在兴高采烈之余，顿感今年这雅会水平不低，第一局便出现如此妙对，真是让人期待。

“第二题，宋城李家出题。”

只见一个穿着雪白长袍的英俊公子从李家的阁楼中慢慢地踱步出来，刚一出现，便吸引了场中所有女子的注意。

“陌上人如玉，公子世无双。”

就连李仙侣也不由得感叹了一句，这家伙真是长得俊啊！

“在下李天星，替家族长辈出题，还请诸位才俊莫要嘲笑，李某实在惭愧。”

其玉口一开，便让女人心醉，男人嫉妒，当真是温软如玉，绝世翩翩的李公子，让人顿生好感。

“这李天星可是宋城第一公子，字乘风，端的是才华横溢，其当年一首《宋城赋》更是让宋城之名上达天听，先帝亦为之赞叹不绝，称其为文曲下凡，你要留意，这等人才值得交往。”林倩在李仙侣耳旁为其介绍道。

“不错，更何况李家老爷在京城官居二品，更是手掌江南财政。”卫秋霜到底是书香门第，而未名书院也是门阀子弟必争之地，所以其同样知道许多内幕消息。

名九在一旁却嘀咕道：“我还是觉得他没有恩公长得好看，更没有那股侠义之气。”

听到名九这样说，三人纷纷笑道：“在小九心里，林大哥可能就是天仙下凡了。”

一旁的林松月虽然没有说话，心里和名九想的不谋而合。

李仙侣摇头无奈，随即将注意力放在李天星身上。

“在下名为天星，便是源自当年家父偶得一对，上联是‘天近山头，行到山头天又远’，请诸位对出下联。”

说罢，其便转身入阁，好似对这雅会毫无兴趣，只是为了替长辈出题一般。

不料，他还未走出两步，就听有人缓缓吟道：“月浮水面，撬开水面月还深？”

李天星猛然转身看去，却见刚才那个扭捏的穷秀才此刻正斜倚在桌上，闭着眼睛意犹未尽。

许是察觉到不对劲，李仙侣赶紧睁开眼睛，这才发现，满场才俊目光都看向他，随即爆发出热烈的赞叹声。

“好！”

“妙！”

“这青年真是才思敏捷！”

瞬间，李仙侣的脸再次红到了脖子根，他刚才本在脑海中想象李天星所对之联，将其化为一幅苍穹画卷，其上闪烁着点点繁星。

忽而画面一边，在无边湖面上，横纵交错的水面倒映下，仿佛月亮浮在水面和着满天星斗缓缓律动，他才脱口而出“撬开水面月还深”。

此刻，就连一旁的林松月等人也都一脸惊诧地看着李仙侣，为其才思感到惊艳。

而卫秋霜早已一脸羞红地偷看着李仙侣，满眼笑意，满目情思。

“请问高姓大名？”李天星一脸好奇地看着李仙侣作揖道。

“李仙侣，字谪凡。”李仙侣赶忙起身，不知道该怎么回礼，忽然想起林松月抱拳的洒脱样子，也抱拳道。

顿时，一种不凡之意在其身上现出，和这满场穷酸秀才们的柔弱做作相比，李天星眼中一亮，对其十分感兴趣。

“李兄此对，真是妙绝，真是深得我心，故而我还有一对，望李兄指点。”李天星转身回到栏杆前，礼貌道。

不知为何，李仙侣看着满场的崇敬目光，顿感豪气冲天，脑子一热，就答应下来。

但随即一想，万一自己没答出来，岂不丢脸丢大了？正要着急时，却听李天星道：“诸位亦可直抒己见，百花齐放，才是雅会真正的含义所在。”

这话一出，不仅其余众人都感到舒心，就连李仙侣也松了一口气，看向李天星的眼神再次一变，这人不仅才情高，处事之练达也远不是自己能比，顿时升起了结交学习之心。

李天星见众人渐渐安静下来看向他，便开口道：“前些时日，我前往扬州桃花庵观景，登上高处绎经台赏月，顿生感慨，偶得一对，‘有月即登台，不论春夏秋冬。’”

话音刚落，逸仙阁再次鸦雀无声。

此联意境深远，简洁富有深意，较之上一联“天星联”是有过之而无不及，在场中人，尽知其中道理，如何不惊艳于其才情！

李天星出完对子后，也不看别人，只盯着李仙侣看，但见其低头不语，眼中闪过一丝期待之意。就在此时，却听一人大声道：“此星在天空，不管日夜星辰。”

众人闻言纷纷看去，只见一手捧小吃的书生正用一种急切的表情看着李天星，似乎是想得到这位李乘风的夸奖。

不过，李天星却皱了皱眉，虽然对子是对上了，但是意境却相差甚远，让他不甚满意。

“还有吗？”说罢，他再次看向李仙侣，就连场间众人也都看出了他的意思，他是在等李仙侣出对。

“彩云永久在，无论天涯海角。”

众人再次闻声看去，只见一清秀少年正坐在李仙侣身后的椅子上，面带羞红地低着头，却是卫秋霜！

台上的卫敬言瞬间就辨出了女儿的声音，皱眉不满道：“这个丫头真是胡闹，女孩子家乱掺和什么！”

不料，他身后的未名书院院长却淡然出声道：“何必如此迂腐？自古多情更应是，谁道女子不如郎？”

只见卫敬言长叹了一口气，他是知道女儿的才情的，但他不支持女儿在这里显山露水。既然连院长也夸赞女儿，他只好惭愧道：“院长说得是，老夫迂腐了。”

果然不愧是未名书院的院长！不拘小节。

而台下，此刻也达到了一个小高潮。

众人在为卫秋霜才貌双绝感到惊艳之后，就听冥思许久的李仙侣抬头闭目道：“是风皆入座，不分南北东西。”

一种清幽孤寂之感顿时溢满场间，几乎所有人都被这种风月下的绝美场景所折服，好似眼前出现了一片绿色美景，微风吹过，四季更迭，仿佛万古不变，恒久悠悠。

“绝了！”众人纷纷喝彩，为其意境之清幽而感慨赞叹。

就连阁中诸位大家大儒也都纷纷探身查看，想知道对出这绝对的才俊到底是什么样子。

而卫敬言在闭目凝思一阵后，猛然睁开双眼，脸上浮现一丝淡淡的得意和赞赏。

“此子，不错。”只听未名书院院长在其身后淡淡开口，随后又再次沉寂，众多讲师纷纷向卫敬言道贺，收了个好徒弟。

之前笑闹的话语再不重提。

卫秋霜的眼底亮出了耀眼的光芒。

李仙侣谦虚地说：“各位，在下才疏学浅，承让了。”

闻言，众人再次点头，为如此年轻能有这种见解和低调的态度而惊叹。

楼上的李天星早已不见踪影，却是疾步走下阁楼，竟然来到了一楼，对李仙侣作揖道：“李兄对出的下联简直是天衣无缝，还请李兄再对一个。”

足以见其好学之心，果然不愧乘风公子！

李仙侣点头之后，慢慢踱出两步，一旁围观的众人也都后退为其让出地方，表示尊敬。

只听李天星缓缓开口道：“七夕是生辰，喜功名事业从心，处处带来天上巧。”

“此为事业心。”李仙侣看了李天星一眼，轻声说道。

“百花为寿域，羡玉树芝兰绕膝，人人占却眼前春。”

“朝气蓬勃，”其又道，“‘玉树芝兰’，是出自《世说新语》的典故。”

“好！”众人又是哄然叫好。

只见李天星一脸敬佩地看着他拱手道：“李兄当真让小弟佩服，不知师从哪位？”

李仙侣闻言立刻躬身朝向卫敬言所在，俯身作揖道：“老师，徒儿没给您丢脸吧？”

“哈哈哈！”只听一苍劲老声从未名书院所在阁楼传出，卫敬言慢悠悠地走出隔间，满意点头道，“尚可。”

“原来是卫老先生，晚辈失礼。”李天星看到卫敬言，赶紧俯身作揖，场间所有才俊这才恍然，原来这小哥竟然是卫老先生的门徒，如此一来便是名师出高徒，这才对嘛。

于是纷纷行礼作揖，足见众人对未名书院的尊敬。

第十三章　实力惊艳压全场

李仙侣这一嗓子，也将在场的几位大儒的目光都引到了卫老先生身上，起身后的同僚们人人眼中都浮现起艳羡之色，纷纷向前再次贺喜，并各种调侃。

"恭贺卫老又得一佳徒。"

卫老先生口中连声谦虚，说道："尚可，尚可，莫要太过捧杀。"

不过任谁都能看出其满脸笑意，让各位大儒心中均是一阵不满，看着老家伙嘴巴都咧到了耳朵的得意样子，如此才华，竟然是"尚可"？这老东西也太深藏不露了吧！

不过有徒如此，难怪卫老先生能如此开怀了。

尤其李仙侣当着所有人的面，这一声"老师"，虽然有些旁若无人的感觉，但在场的各位大儒却恨不得自己的弟子也能够如此有实力地恃才傲物一回，让自己的老脸也平添几分光彩！

而那李天星，在李仙侣回座位时也不走了，而是拉来一把椅子，坐在他一旁，看样子是准备和他好好结交一番。

看得众多想要攀附李家势力的书生纷纷叹息。

而林松月等人也被李天星夸赞一番，什么绝世之姿、沉鱼落雁之类的，圆滑的处事风格一下子拉近了几个女孩与他的距离。

远在那端的刘小公子见二人如此意气相投，兴奋之下端着一把椅子冲了过来，非得坐在李仙侣身旁，还不停地喊着“好诗好诗”。

惹得一旁众人眼神怪异，分明是对子，哪来的好诗？这家伙也太能看风使舵了。

李仙侣初来乍到也不清楚这其中有什么特殊的规矩，只得任由刘小公子坐在这里，于是三人边聊边看，等着听下一拨诗词方面的切磋，倒有一种旁观的心态。

只不过没想到，半路杀出个程咬金。

刘小公子屁股还没坐稳，就有一人忽然走了出来对着李仙侣拱了拱手：“李公子如此文采飞扬，我有一对不知你能否对上，不过，想来您身为卫老先生的高徒，应该是没什么问题的。”

众人循声望去，却见一位样貌普通但却有种凌厉之气的公子哥正笑盈盈地看向李仙侣，乃是赵家二公子。

“据说此人当年为实践‘读万卷书不如行万里路’之道理，便独自一人离开宋城出门游学，直到前几日才归来。”

“而且听说他刚回来便作诗一首，连未名学院的诸多先生也连连称赞其为奇才。”

“不过，”卫秋霜却碰了碰李仙侣，在他耳边低声道，“这人前几日曾拜师于我爹，结果却被爹爹拒绝了。”

李仙侣不解道：“这又是为何？”

卫秋霜摇头不语，表示不理解父亲。

一旁的李天星此时插嘴道：“这件事我倒是略有耳闻，好像是因为此人虽然才学较高，但却品行不端，所以老先生这才将其拒之门外，没想到这才几日你便成为了卫先生之徒，想来此人是对你怀恨在心了。”

“李兄，万万小心。”不知李天星指的是什么，但这句话让李仙侣开始变得心神不宁。

“放心吧，夕照山庄不会怕他赵家的。”林松月和林倩在一旁安慰他道。

“要镇定。”李仙侣低声自语道，此时的他已然觉得放平心态更重要，邪不压正，师父不收此人为徒一定有师父的道理，如果此人真要对付自己，也要面对，这件事比起那客栈里的生死危机和当初那伙劫匪的抢劫来说，简直是微不足道。

他不得不感慨，就在几月前自己还是兰溪县夏李村中的懵懂少年，而如今经历了一系列世事变故后，竟然也成长到如此平和淡定的心境，果然，读万卷书，不如行万里路啊。

想到这里，他索性拿出一副“尽管来吧”的架势。

于是便起身回礼道：“赵兄实在客气，请出对。”

然后便一言不发地盯着地板，等着赵二的下文，那赵家二公子名为赵书香，长相自不必说，身材也十分挺拔，只是其目中无人、傲慢自大的名声已先入为主，让人没有好感。

“在下才疏学浅，之前在李城游玩时，曾偶得一对，被一道人称为三字绝对，请听上联。

“三木成一森。

“仓促之下，便用此联作对，想来是难不倒李公子的，哈哈哈。”说完，便皮笑肉不笑地看着李仙侣，不再说话。

众人初一听闻，都觉得这上联似乎过于短小，好像没什么难度。

不过在仔细品味之后却发现了这上联的特殊之处，于是诸君皆低头沉思，但却苦思不得，区区五字竟然如此难对，这对子一道果然是越短越难。

而且，这五字短对其中也是有讲究的，对联中的数量词一定要用数量词来对应，名词对名词，形容词对形容词。

上联既然有“三”字，下联就不该有，而且紧随其后的“成一森”均是一气呵成，这便造成了下联无论用哪个数字来对，不是多于三，就是少于三，果然困难无比。

一时间整个逸仙阁都陷入了一片沉寂之中，就只有刘小公子大口大口的嘬茶声分外清晰。

就在众人同时陷入沉思之时，未名学院的几位先生坐在阁内同样在思考，各自捻着胡须思来想去，满脸愁容。

他们等人与卫敬言齐名，而且今日还是评审，但如今连这一个小辈出的上联也对不出来，虽然无人知晓，但他们自己确实感到羞愧难当。

一时之间，他们都暗暗地较起劲来。良久，一个花白胡子的老讲师黯然摇头道：“唉，真是难，当真是不畏前贤畏后生呀。这五字短对如此难，我觉得可能是个绝对啊！”

就连卫老先生也是摇头晃脑，满脸愁容。不过此时他更忧心的是自己的弟子如何才能过这一关。

他生怕一个打击将李仙侣的信心全部挫掉，自此一蹶不振。

年轻人就是如此，这么年轻的孩子最脆弱，受到挫折最容易颓废、丧气。

纵观场内，天才李天星此刻也是抓耳挠腮，全无“乘风公子”该有的形象，将手中茶盏举起放下，放下拿起，皱着眉头嘴里不断嘟囔着，绞尽脑汁思考。

而林松月等人也是如此，冥思苦想不得，就连名九也用手蘸着茶水在桌上比画着，好似在替公子分忧。

就在这时，一旁有人忽然开口道：“赵公子，你这上联以三字为核心，摆明着就是难为人，分明是无对之对，我对不出来，而且我也绝不相信有人对得出来。”

他一开口，旁边有不少人微微点头，对他这句话表示赞同。

而且还不是一人，真正了解这难度后，几乎人人均有这种想法，只不过没有像这人一样大声地说出来而已。

不过这时，李仙侣却噗嗤一笑。场内本就安静，这一笑，再次引起了众人注意，尤其是一直盯着他看的赵家二公子——赵书香。

赵家二公子见他如此，便皱着眉不满地问道：“李公子这是何意？这一笑是嘲讽我等众人无人能对出来吗？难不成你能对出来？你若不能有何资格嘲笑其他人？”

这话不分青红皂白地将李仙侣推向了众人的对立面，使其成为众矢之的。

三言两语，便显露出了其浓重的心机。

听得此言，李仙侣算是彻底明白，此人就是针对自己，不过，他又有何可惧？

只见李仙侣眯着眼睛上前两步，直勾勾地看着赵书香，嘴角带着一丝笑意轻声说道：“若我能对出，便当如何？”

那赵家二公子一挑眉毛：“若是李公子你能对出下联，在这对联之学上我赵书香便从此甘拜下风，终此一生，不再卖弄楹联之学问。”

他这话说得，倒是极为圆滑巧妙，就算以后不弄楹联之道，那诗词歌赋琴棋书画还是可以卖弄的，对于他自己来说其实并无多大的害处。

而且他只说能对得出来，却不提半点若对不出来该当如何，以此留下陷阱，不可谓不阴险。

他这话一出，场中大多数人纷纷听懂了赵书香话里话外的含意，于是对此二人之间的矛盾便有了清晰的认识。

方才知晓原来这是拜师之争，原来是这赵书香不甘心之下的报复，如果李仙侣对不出来，岂不是说明卫敬言卫老先生的眼光不怎么样？

李仙侣在李天星的告知下，三两下就想清楚了其中利害，冷笑一声，不去计较赵书香所言，他对此无耻之人更是毫无耐心，当下随意道：“你且听好，我的下联是……”

此话一出，不光是逸仙阁一楼的众人伸直脖子，就连二楼隔间里的诸位大家也纷纷竖起了耳朵。

只听李仙侣轻声吟道：“我的下联是：四影照归人。”

“三木成一森；四影照归人。”

回过神来的众人哄然叫好，而一边的赵书香更是踉跄一步，一脸死灰，阴沉地看着李仙侣，一声不吭地想要往后退去。

第十四章　师父考问新爱徒

长久以来，他以为自己游历诸城，已然文采斐然，成就和才学也自当居于同辈那些闭门造车的酸腐秀才之上，但这么多年来的骄傲仅在今日就被李仙侣随意的一个对子打得体无完肤，一时间不由得有些万念俱灰。

评审之中有须发皆白的老者越众而出，指着李仙侣赞叹道："李公子当真是天纵之才，卫老先生能有如此弟子，当真是此生无憾啊！"

卫敬言两只眼睛都笑成了一条缝，捻着胡须看着李仙侣满是得意和赞许，大有光彩啊！

李仙侣看着那就要藏在人群之后的赵书香笑了笑，大声道："赵兄这是准备就此退场了？这才出了一个对子，恐怕是不能尽兴吧？来来来，我这儿还有一对，希望赵兄能够解惑。"

挡在赵书香之前的众人"哗"的一下全部让开，瞬间将赵书香暴露在了众人眼下。

明眼人都已经看出了他无心再战。

而更让人出乎意料的是，赵书香竟然说："刚才的对子你接住了，我答应过，若你能对上，我从此就不再卖弄楹联之道，我说到做到。”

众人闻言纷纷低笑不已，不过却拿他没什么办法，毕竟他刚才确实是这么说的。

李仙侣见他避战，不屑地摇头一笑，转身回到了座位上。

一旁的卫秋霜看着李仙侣身上散发出的那种好似宝剑渐渐出鞘时流露出的锋锐之气，一股爱慕之情隐隐缠绕上了心头。

倒是林松月显得有些诧异。

这还是当初那个傻傻的误入黑店的文弱书生吗？现在竟然也有种淡淡的豪气在内了，真是让人惊喜。

对子之比就此揭过，接下来的是作诗。

不过刚一开局便有一人进场捣乱，让众人无可奈何。

只见刘小公子手拎一壶小酒走入场中，似乎是被刚才李仙侣的碾压胜利刺激到了，激动得大声道：“如此盛会，怎能没有我刘北斗的大作临世？”

众人闻言纷纷啼笑皆非，也不说他，只是看着他，想看看他能闹出什么笑话。

倒是二楼的刘家隔间安静无声，没有一个人出来阻止他这样“胡闹”。

这一幕让坐在李仙侣身旁的李天星皱眉不已，刘家这些年对着刘小公子的态度着实让人捉摸不透，按理说就算是刘老爷自觉亏欠刘夫人，那也不至于如此娇惯刘小公子啊。更让人诧异的是，那刘小公子被那样宠溺，按道理说绝对应该是飞扬跋扈不可一世的，但奇怪的是，他在其身上并没有发现这一点。

“有趣。”李天星自言自语道。

一旁的李仙侣不知道他在想什么，但却同样有这种感觉，这刘小公子似乎并不像传言里的那么纨绔啊。

反观场间，众人怕刘家，未名学院的几位先生正直不阿，有些按捺不住了，只见卫敬言当先站出来对着刘北斗道："刘公子，现在正在举行诗会，你是不是可以小点声？不要让我等为难。"

刘北斗眼睛一瞪，虽然拱了拱手，但却显得毫不在意："我刘某听说您卫老先生可是真正的高人，才高八斗，当世大儒，可就算您是高人，也不能门缝里看人，把人看扁了是不？李兄都没有看扁我。我刘北斗乃是书香门第，难道就不会作诗吗？您老人家可真的太小看人了。"

见卫老一脸无奈，他更加得意道："来，我先作诗一首嘛。"

只听窗外有人高声喊道："你确定你会？"

不过从声音来听，却不知是谁。

刘小公子瞬间怒道："是谁？哪个王八蛋在后面说话？"

不过却没有人理他，倒是坐在他一旁的李仙侣连忙将刘北斗的椅子藏在桌下，似乎耻与其为伍。

刘北斗见没有人说话，也没有回到座位，反而抓着酒壶大咧咧地向前走了几步道："大家都以为我刘北斗不会作诗，今日我便作一首诗，让你们瞧瞧，让你们也知道我的儒雅。"

原本早已隐于人后的赵书香此时却呵呵一笑站出来打个圆场："刘小爷真是英明神武，文采斐然，不过这弄墨吟诗之事，还是要略作思量才是，不如您先想着，我们先开始。"

他这话本是好意，想给刘北斗一个台阶下，不过刘北斗哪里听得懂他什么言下之意？以为这赵书香是瞧不起自己，于是怒声大骂道："你他娘的赵家小王八蛋，你这个兔崽子是不是也以为老子不会作诗？我便作给你听，你也听好。”

说着，他将手中酒壶高举过顶，大声道：“老子手中一壶酒，今日方知愁中愁。来日醉卧沙场笑，无愧今日酒中愁！”

“怎么样？不错吧？快点夸我，老子承受得起。”说完之后，他仰起脖子豪饮一口，然后哈哈大笑。

顿时一片人仰马翻，众人随之哄堂大笑，不过就在此时却有两个人突兀地鼓起掌来，大声夸奖：“好诗好诗。”

众人循声看去，却是那李仙侣和李天星。

“初闻虽俗，但仔细想去，却有一种男子气概隐含其内，尤其是醉卧沙场一句，竟有些英雄气，不错。”

这句话却是卫敬言老先生开口点评的。

众人闻言这才心头一震，仔细低头思量，随后竟然渐渐地从这好像不是诗的诗中品出了一丝家国情怀，“来日醉卧沙场笑”，真有几分杀气豪气，现在仔细想来，这刘小公子竟然能作出这种诗，倒是让人刮目相看。

这玩笑之诗竟然也有些诗意在内，也算是给这诗会开了个好头，于是众人纷纷应和刘北斗，一时间倒让他激动不已。

随后又有诸多才子纷纷献上自己的佳作，包括了赵书香那里，各有一首或送别或挽留或豪爽或日常的诗，各有各的妙处，彰显着宋城才子的才华。

……

“文人以笔墨抒胸臆，以内心为乾坤，初时拜师都知道谨小慎微，听从师命；可是等到大功渐成或者是小有成就之时，又往往会过度地放肆，甚至目中无人，仙侣觉得何解？”卫敬言老先生一边裁剪着目前的一株冬青一边若无其事地考问着李仙侣。

李仙侣束手在其身后，恭敬地点点头，随后沉思一阵，道：“进修文章，保持三点初心便可。”

卫敬言老先生长眉微微挑动，没有转身，只是停了停手里的活计：“哪三点初心？”

“初时不忘虚心，长时不忘勤问，而成时不笑来路。”

卫敬言再问：“此言何解？”

李仙侣答道：“为文生者，自幼习文嚼字，刻苦用功，不论启蒙早晚，皆为功夫，而入门几年，难免有天才出世，得众人嘉奖捧杀，此时若是桀骜不驯多为仲永，需虚心听学，勤思多问可解；而长至青年，学术渐成，初试榜试，仍不可过度骄傲，往往在此时文人最易气盛，若能做到压制气势不耻下问，便可得到他人多年总结。而经年数月，已有功成之时，收集学生，切不可笑话他人愚笨，不能忘记自己当年一路是怎样走来。”

卫敬言手中修剪的冬青已经成形，“仙侣有独到的见解，可是仙侣可曾想过，如今的书院中，又有几人能够做到仙侣所说？若为众人所摒弃，那如何立足？如今书生多浮气，习文多年多为了卖弄，如今能得一个李仙侣，也算是老夫造化了。”

李仙侣看着他略显苍老的背影，不由得满心尊敬，其身影渐渐地在他心中越来越高大，果然是一代大儒。

“你读书是为何？”

这是今天卫老先生对他问得最多的一句话。

第一次，李仙侣回答：“是为天地立心，为生民立命，为往圣继绝学，为万世开太平。”

第二次，李仙侣回答：“是为了更好地做一个父母官，为百姓谋福利。”

最后一次，李仙侣犹豫了很久，才缓缓张口："我是为了自己读书，为了更明白地活着而读书。"

这一次，卫老先生没有再摇头，而是欣慰地点了点头，轻声说道："这才是读书的真意，为了更明白地活着。"

之后，他又带着李仙侣前往卫家后院的鱼塘，在他的指挥下，李仙侣用一个网兜开始打捞池子中的落叶杂物。

"何为人生？"卫老先生忽然看着被李仙侣搅乱的水池问道。

"何为人生？"李仙侣低声重复了一句，手中不由得停下了动作，最后，他又察觉似的再次打捞起了杂物，只是一边打捞，脑海里还在思考这个问题。

在过往的十多年，他从没有思考过这么深的问题。

他没思考过自己为什么读书，为什么想做官，为什么要考取功名，为什么……活着。

第十五章　李仙侣思考人生

夫天地者，万物之逆旅也；光阴者，百代之过客也，而浮生若梦，为欢几何？

何为人生？

点木为柴，燃火化炭，这是木的一生，也是火的一生。

无声而来，做一婴孩，无声而去，一抔黄土，这便是人生。

人生，是过程，不是结果，是这中间的经历，是厚度，不是长度。

百年回首，不愧往昔，不慕明朝，这，才是我要的人生。

……

李仙侣知道，卫老这是想教给他一些道理，一些别人说了你不信，只有自己亲自思考了才会信的道理。

不错，为何读书？为何做官？何为人生？

这些问题统统没有答案。

即便是李仙侣回答说他是为了名利读书，卫老也只会说他坦诚，为君子者，自当坦荡。

至于为了什么，哪个不是为了某种目的而去做某件事的？即便是为了名利，那有何妨？

至于为何做官，那更没有答案了，即便是为了名利，只要能为百姓带来好处，依旧是个好官。为官不为名利者少，而为了名利却又能为百姓谋福利的更少，双赢也是赢不是吗？

而“何为人生”这个问题，卫老实际上也没有答案。

人，在未到将死之时，都不能真正地去回答这个问题。

更多的人即便是在将死之时也不知道到底何为人生。

他这样问也只是想让李仙侣能够多想想，在脑子里留一个印象。即便以后为官，在即将作出某种重要抉择的时候能够想一想当年自己的答案，到底何为人生！

由此可见其对李仙侣的良苦用心，是真正将其当作弟子来培养的。

九月的宋城在夏末秋初时节显得格外郁郁葱葱，这里没有秋天的暮气充斥，而是充满着夏末的蓬勃和生命。

这里的八九月正是植被郁郁葱葱茂密繁盛的季节，在那随风摇曳的绿叶中，阳光慵懒地晒着宋城的大地，想要吹走夏末的最后一丝暑气。

绿叶漫天，犹如一幅绿色的画卷将宋城包裹起来，显得十分鲜明、生动，让人充分感受着生命的跃动。

每当日暮时分，携一小凳坐在树下，倾听着夕风吹动着绿叶，一种异样的情愫会情不自禁地在心底滋生。

渐渐稀少的鸣蝉就像即将结束生命的垂暮老人一样，绽放着最后的生命精华。

“回光返照”一词在这里显得格外贴切。

它们不断地鸣叫着，不知道生命何时终结，只能在死亡之前拼尽一切地鸣叫，仿佛这就是它们活着的意义。

比起人生百年，它们的命运是如此短暂，短暂到倏忽而过。

微风轻拂间，又有一只鸣蝉熄灭了生命之火，从树枝上缓缓掉落，正巧落在一个披头散发的白衣青年的右手手心上。

白衣青年左手拿着酒壶仰起脖子猛灌一口，并没有说出什么豪气万丈的诗词，抑或是婉转哀愁的辞调，他只是静静地看着手中的蝉尸，好像要从中感悟出生命的意义。

而在白衣青年右手边，有一个穿着书童装的少年。

少年苦着脸，每当白衣青年喝下一口酒时，他便流露出不舍的神情，好像他喝的不是酒，而是钱一样。

“公子，一壶梅子酒要三钱银子，太贵了，你少喝点。”少年心疼地嘟囔着，看其模样，似乎心疼得要死。

然而那白衣青年似乎并未听见他的话，而是将那手中的蝉狠狠攥紧，随后猛地扔了出去。

那黑色的蝉好似白纸上的黑点一般划过天空，画出一条黑色的弧线，茫然地飞向那远处的未知之地。

就像人的命运，最终将奔往何处，没有人知道。

“每当这时候，我是真羡慕那些武夫，若我能有一把刀，便可仰天狂笑一声，然后再吟唱一句‘一把吴钩过江东，千里江湖任我行。’该有多豪迈！”

青年摸了摸空荡荡的腰间，感叹了一声，摇头苦笑着向前走去：“终究还是个书生罢了。”

“名九，取酒来。”青年摇了摇空酒杯。

身后的少年叹息着从身后的背篓中拿起一壶酒递给青年，带着哭腔道：“公子，我身上的银子真的不多了，咱们来这宋城已经一月有余，每天的花费再加上您总是喝这酒，我觉得咱等不到大公子将来找咱们，就要出门乞讨了。”

“这点小钱我李家还是掏得起的，怕什么，如果公子我能通过这段时间找到人生的意义所在，哪怕是付出千金又何妨？”李仙侣笑着对名九玩笑道。

“可是公子，这次我连私藏的那些钱都取出来了，你再这样下去，我就不管了，你是洒脱了，我已经穷得叮当响了。”

“没事儿，若是没钱还可以问林大哥借嘛。”李仙侣打趣道。

“恩公的钱也是钱呀。”也许是出门这些日子一直是名九负责打理财务，原先懵懂无知的少年，现在也变得抠搜起来。

“公子，你到底在思考什么呀？还没有答案？还是说你根本就是在瞎胡闹？”名九嘟着小嘴恶意猜测道。

也许是名九这模样太过可爱，让一旁偶尔路过的貌美少女纷纷掩口娇笑，好奇地打量着这白衣青年。

但是一心想着自己钱财的名九却丝毫不在意美女的眼神，而是眼睛一瞪，看了一下手中的另一个酒壶，打开壶塞狠狠地往嘴里灌了两口。

结果，从未喝过酒的他被这两口酒呛得咳了起来，小脸憋得通红，眼泪汪汪的显得十分可怜。

李仙侣一边轻笑着为他拍着后背，为他抚顺气息，一边摇头道：“你不懂，有时候想到这些纷乱俗事，恨不得一头扎进青山中，就此不问世事，我倒是十分羡慕那些古之真人啊！”

“公子，什么是真人？”刚刚缓过来的名九好奇地问道。

李仙侣再次喝了口梅子酒，轻声说道：“何为真人？古之真人，不逆寡，不雄成，不谟士。若然者，过而弗悔，当而不自得也。

若然者，登高不栗，入水不濡，入火不热。是知之能登假于道者也若此。

“古之真人，其寝不寐，其觉不忧，其食不甘，其息深深。真人之息以踵，众人之息以喉。屈服者，其嗌言若哇；其耆欲深者，其天机浅。

“古之真人，不知说生，不知恶死；其出不欣，其入不距；翛然而往，翛然而来而已矣。不忘其所始，不求其所终；受而喜之，忘而复之。是之谓不以心捐道，不以人助天，是之谓真人。

“若然者，其心志，其容寂，其颡頯；凄然似秋，暖然似春，喜怒通四时，与物有宜而莫知其极。”

名九挠了挠头，表示不懂，略微喝醉的他此时已经有些晕头转向了：“公子，这话不是你说的吧？”

李仙侣一边往前走一边笑着解释道：“是啊，这是庄子说的，古时候的‘真人’，不倚众凌寡，不自恃成功而瞧不起他人。”

名九嘀咕道：“就像赵书香那家伙那样，他永远成不了真人。”

李仙侣笑着点头，心道：这小家伙对于赵书香的事情一直耿耿于怀。

“古之‘真人’，也不图谋琐事，像这样的人，哪怕错过了做事情的时机也不后悔，赶上了机遇也不会得意。像这样的人，他们登上了高处也不会战栗，掉入水中也不会惊慌，被火焚烧也不会惨叫，只有智慧能通达大道境界的人方能像这样活着。”

名九皱着眉诧异地看了自己公子一眼，不知道他是不是真的喝多了：“这真人脑子有毛病吗？干吗要用火烧自己？”

而李仙侣根本就没有看见名九的表情，自顾自地向往着说道：“古时候的‘真人’，他们睡觉时不做梦，醒来时也不忧愁，他们吃东西时不求甘美，他们呼吸时气息深沉。我曾听闻他们呼吸时凭借的是着地的脚跟，而一般人呼吸则靠的只是喉咙。那些嗜好和欲望太深的人，他们天生就缺少这好似‘慧根’一样的玩意儿。”

名九更觉得古怪了，他踮起脚，尝试着用脚后跟走路，但都没觉得对呼吸有什么影响。

“古时候的‘真人’，不为活着喜悦，也不懂得厌恶死亡，生而不欣喜，入死不推辞，无拘无束地就走了，自由自在地又来了，这才是人的最高境界。”

听到李仙侣如是说，名九很不赞同地摇了摇头：“活着就该高兴，死了就该悲伤，这才是正常人，古代的真人都不正常。”

“不忘记自己从哪儿来，也不寻求自己往哪儿去，承受什么际遇都欢欢喜喜，忘掉死生像是回到了自然，不用自己的智慧去揣摩大道，也不用人为的因素去改变自然，这就叫真人。

“唯有像这样的人，他的内心忘掉了周围的一切，他的容颜淡漠安闲，他的面额质朴端严，冷肃得像秋天，温暖得像春天，高兴或愤怒跟四时更替一样自然无饰，和外界事物合宜相称而没有谁能探测到他精神世界的真谛，这才是人应该活成的样子。”

“你看他们，”李仙侣指着远处搂着一女子走进青楼的胖子，“沉迷色欲而糜烂终日，有何用？”

“你再看他们，”李仙侣指着一些蹲在墙角的乞丐，“他们的人生便这样像杂物一般堆在这里，最终悄然死去，而将悲伤充斥自己的整个后半生，可怜。”

名九咂着嘴摇着头，不屑地看着那些乞丐：“好好的人不去找点活干，非要做乞丐，真是不明白。”

最终，李仙侣哈哈一笑，摸了摸名九的脑袋：“还是我们家小九看得开，赤子之心未必不是真人境界。”

但好笑的是，名九却并不买账，而是嘟着嘴道：“公子你还是当个真人吧，这样就不用花我的钱喝酒了，这可都是我为以后攒的老婆本啊！”

“哈哈哈，放心，公子以后加倍还给你，再帮你找个林姐姐那样漂亮的老婆好不好？”

第十六章　高手对弈中相识

就这样，李仙侣一路带着名九，走在宋城的大街小巷。忽然，远处的一堆围观百姓引起了李仙侣的注意。一位身着青衫的青年坐在众人中间，面前放着一棋局，看着对面一个花胡须老者。他好奇地走过去一看，原来是有人在设局赌棋。

这些人中不乏身着青衫的年轻风流才子，而且坐着站着的都有，有的人抱臂而坐凝神注视，还有的站着捻须低头思考，李仙侣这才想起林溪烟说过这宋城除了酒楼茶肆颇多，同样著名的还有这些极具特色的小巷。

往往都是一些颇有棋力的野棋士，在这些巷子里摆出棋墩和棋盘，然后靠着墙壁等着那些棋瘾突发或者手闲无聊的人来参与，而每一局往往赌上几枚或者十几枚铜钱来“助兴”。

李仙侣看到这一幕，笑了笑，朝着嘴里猛灌一口梅子酒，想起儿时在家里，和父亲请来的私塾先生，时常在学业之余厮杀几盘，慢慢地熬出了些许棋力，想要赢棋其实不难。

这些路边野摊通常有着各自的讲究，有些地方就是十分排外，而且就算是赢棋也是很有技巧的。不能光顾着大杀四方而不给人留活路，而是要给其造成一种只是棋差一招的错觉，这样才能引人继续赌斗。

这些杂而小的道理都是他从那私塾先生口中慢慢学得的，当年的那位先生平日里很是不苟言笑，只有在下棋时才会自然而然地流露出一些自己的情绪以及说出一些让当年的李仙侣极为震撼和感到好奇的俗世道理。

李仙侣拉着不情不愿的名九见缝插针地钻到一个空棋盘前，只见一个衣着破旧、鞋袜泛白的落魄学子模样的书生正闭目坐在对面，而棋盘上则摆着五个棋子。

通常，一颗棋子代表两文，寻常棋局中只有一两个棋子，而这里竟然放了五个！那就是十文钱！足见这棋士是多么地自信。

就在李仙侣毫不吝啬地放下十文钱打算开局的时候，却仍旧不见那书生睁眼，李仙侣不禁疑惑地问道："闭着眼睛如何下棋？"

似乎是经常遇到有人问这个问题，那闭目文士不等李仙侣问第二遍，便酷酷地回答道："放心，你只管落子就是，我听见落子声便可以知道它到底落于何处。"

"我下注十文。"李仙侣毫不犹豫地对着名九道。他显然没有在乎这十文钱，也许有一定的把握。

名九这时候也不再拉着少爷了，要知道以前在兰溪夏李村还没人能胜得过少爷的。

就算是如今世道混乱，可是这些深居巷子里的平民百姓终归还是体会不到荒野里求生的那种挣扎和生死之间游走的绝望，对于这些娱乐项目往往是十分热衷并且喜爱的。

靠墙的那位闭目士子手下有一黑盒，盒内装着黑子，而李仙侣的手边则放着一个白盒，里面放着白子。

那寒酸文士略一伸手，示意让李仙侣白子先行，其人虽然穿着寒酸，但举手投足和言语之间却不容小觑，自有一股真正的世家子弟所具备的儒雅古风。

兴许是看到了两人一旁放着的二十文钱，在这巷子里算是一件异常“豪赌”的大事，所以越来越多的人开始围在两人身旁，担当围观者。

在正式对局较量技巧前，双方在对角线上各放两枚棋子，称之为势子。

这便是古棋座子，很大程度上限制了先行的优势，而且注定了中盘与中腹的激烈战斗。

李仙侣将手上的梅子酒壶交给名九，率先起手三六，这一挂角被国手过百龄的《官子谱》点评为最佳侵入角。

而那年轻闭目文士则神情平静，果真可以听音辨位，其黑子应手九三，与白棋分势相峙，接下来几手的黑白落子都没能逃出先人路数。

在一旁观战的路人也有深知其中道理的，看到这相互十手都感到略微有些失望，可就在李仙侣白十一断后，却让那些人眼前一亮。

那闭目士子同样是神情微微凝滞，不再落子神速，而是略作思量才提子复落子。

古语有云：棋从断处生。

李仙侣接下来的几子都是由此一断慢慢地衍生出来的，不可谓不别出心裁。

闭目文士一路隐忍着，终于黑十八在角部尚未安定的情况下抢先攻击，五六飞攻，路边的观棋者纷纷凝神一番深思，这一手竟有四十四变之多。

于是那些人下意识去看李仙佀，见他仍然不动声色，落子速度始终如一，白四十三时轻轻扳出，棋盘上刹那间杀机四伏，看得路人都心惊肉跳，一阵低呼。

这一手实在是杀机太重，白五十九飞补与八十三尖，亦是气势汹汹，殊不料闭目文士的局面却如一叶扁舟泛海，摇摇晃晃，虽然看起来凶险，但却偏偏不倒，至黑一百八十手后便已是先手收官稳操胜券的大好局面，李仙佀很平静地投子认输。

无声无息地便将局面慢慢地扳向自己，也不为先前局势的恶化而动摇，当真布得一手好局。

李仙佀虽然输了，但却并没有恼火，而是让名九再掏十文，请那闭目文士再来一局。

这下，闭目文士执白子先行，李仙佀紧随其后，依旧是他早早地挑起硝烟战争，不断下手攻击，但那闭目文士却沉着应对，丝毫不乱。

不知何时，林松月悄然出现在了名九身旁，并且示意名九不要因此而打断了李仙佀的思路。

原来她从第一局时便发现了端坐在人群中的李仙佀，于是便好奇地和众人一起围观，顺便还打听出了这闭目文士的来历。

林松月美目中带着复杂，看着那闭目文士，强行让自己专注于棋局。

常年在师父和师兄跟前被二人下棋浸染的林松月也是个不显山不露水的好手，这一眼下去，便看出李仙佀的问题所在。

李仙佀极其喜欢攻击，那闭目文士却并不像普通人那样只是防守，而是沉着应对，并且十分重视凝聚自己的“势”，往往看似随意的落子，却总能在中期和局势应和，形成自己的一点一滴的优势，哪怕为此而略作牺牲，他也毫不动摇。

若非是李仙侣天马行空的思维和花样极多的攻击手法，硬生生地从这重重包围里掀起一场毫无道理的杀局，早已遭遇落败。以林松月的见识来说，这棋力胜过李仙侣的闭目文士迟早会一鸣惊人，而且目前还不知道他是否隐藏了棋力。所谓棋力，正是下棋的功力。

这两局都没有拖到两百手以后，李仙侣却仍旧不温不火。

“再来。”

而这次，李仙侣更是出乎众人意料地使用了这五十年来被巅峰国手弃之不用的“双飞燕”定式。大国手过百龄评论其为“不关紧要，恍如鸡肋”，几乎是对这经典定式判下了死刑。

在开局之后，李仙侣换了个更舒服的姿势，干脆盘膝坐在地上。

但是，他是舒服了，棋盘上却兵败如山倒，输得更快。

基本上形成被碾压的局势，那个闭目文士轻松达成三连胜战绩，让路人哄然叫好。

与此同时，那个闭目文士身前的钱盒里已经攒了三十枚铜板，显得颇有家产，不过，这些钱对那些富贵人家来说，却是九牛一毛罢了。

李仙侣抬头看了眼这小巷的墙沿，根据天色判断出现在已经是晚饭时分了，摸了摸略有些瘪的肚子，他想去吃饭。

可是难得遇上棋力这般高超的高手，于是便将名九喊到身边，让他去食肆弄来一些吃食，打算就地用餐。

名九虽不情愿，但看得出李仙侣是真的很欣赏这人，于是便嘟着嘴小跑着进了一旁的一家酒楼。

倒是林松月，挽起裙子蹲在李仙侣身旁，好奇地问道："一时半会儿是不打算走了，要不要算我一份？"

李仙侣早在刚才扭头时就看到了林松月，听她这样说，于是笑道："有何不可？"接着又转头看向那闭目文士："您要不要来一些饭食？"

那文士听到有人邀请他吃饭，哪里还能不答应！点头道："有劳了。"便不再言语。

场间几人看似都非凡人，便自然有着不是常人的风采。

那闭目文士吃起饭来细嚼慢咽，看得出有很好的家庭教养，而且一边吃饭一边还和李仙侣谈了谈刚才棋局上的得失。

说起李仙侣的天马行空，那闭目文士满是赞赏，称其颇有诡道之风，但是提及那几手随性而为的落子，他也直截了当地指出了李仙侣对于布局的不足以及太过随性，听得李仙侣眉飞色舞，受益匪浅。

而林松月则是毫不介意地蹲在一旁，不顾女子的形象，只见粉嫩的腮帮一鼓一鼓地打着节拍，不一会儿就吃完了食物。

而名九就不讲究了，他几乎是风卷残云地吃完了自己的那一份，然后看着李仙侣剩下的那小半份发呆。

第十七章　魏忠贤危机暴露

李仙侣在吃饱后，几乎是下意识地将剩下的食物递给名九，从小到大他早就了解了名九的习惯，而且也将这变成了自己的习惯。

李仙侣笑问闭目文士是何方高人，闭目文士却苦笑着回答他只是一个普通书生，家境平平，这些年来时常在这巷子里赌棋赚点生活费，现在师从一个老儒生学习，说着将自己怀中的几本棋谱和两三本入学经典扔给李仙侣："坐着。"

李仙侣接过典籍拿在手中，犹豫道："不好吧？是不是不太尊重儒学？"

那闭目文士却摇头笑道："礼义廉耻可不在书中。"

李仙侣闻言这才笑着将其垫到屁股下，心安理得地坐着。

吃饱喝足后，两人再起硝烟，在那横竖交错的棋盘上杀得天昏地暗，从暮色将至一直杀到月色初起，直到这巷子中再无其他棋士，这才停下手中棋子，闲聊起来。

李仙侣看着自己的败局，这一晚上屡战屡败都没能让他灰心半分，就连那闭目文士也不得不感慨这小子的随性而淡然。

"你这棋力，我觉得足够和过百龄一较高下了。"李仙侣笑着起身，捶打着自己酸麻的小腿。

那闭目文士一边整理棋局，一边苦笑道："真是抬举我了，过先生那可是能和人同时四面交战的大国手，我仅仅顾住两面就已经很吃力了，距离人家差得远，不过若真是能有机会和过先生手谈一局，便是死也不留遗憾了。"

李仙侣佩服道："我是没有先生这般'朝闻道，夕死可矣'的精神，所以输了也是应该。"

闭目文士笑着将棋盘收起，然后对李仙侣道："这几本书就送给公子了。"

李仙侣正要推辞，却被林松月一把拦住，笑着给了文士十文钱，似乎想起了他刚才说的话，便打趣道："那就再从先生这儿买几斤礼义廉耻。"

倒不是她看上了这几本书，而是想明白了文士话中的含意，毕竟这几本书在李仙侣屁股底下坐过，如果他再拿走，那就有某些不良嫌疑了，此时赠书，正是为了避嫌。

这礼义廉耻，果然非比寻常。

李仙侣虽然不解，但知林松月可是比他有经验得多，所以也不再说什么。

"当年未名书院众多棋手在未名湖当湖十三局被民间传为未名十三局，如今我们也算是棋巷十三局了。"李仙侣在告别时对闭目文士道，惹得三人哈哈大笑。

最后，在月色的掩映下，李仙侣和名九以及林松月走出巷子，朝着夕照山庄走去，而那闭目文士则静静地站在巷子中"看着"三人离去，直到李仙侣消失不见，那闭目文士才睁开眼睛。

从他明亮的眼神来看，这人竟然没有眼瞎，而是一个正常人！

“多谢。”他朝着李仙侣离开的方向深深地作了一揖，然后才转身回家。

出了巷子，李仙侣不由得感慨道：“这宋城当真是藏龙卧虎，即便是这么一个小小的棋巷，也有如此高手，今日真是尽兴。”

不承想名九却是不满道：“公子你尽兴了，咱们明儿个就得喝西北风了！”

一旁的林松月听到名九抱怨，忍不住“咯咯咯”发出爽朗的笑声。

“那人很古怪。”林松月忽然收住了笑容，若有所思。

李仙侣皱眉：“哪里古怪了，不就是眼睛瞎了吗？怎么？林大小姐以为是有何不妥之处吗？”

“我是说，他看起来不像盲人。”林松月的判断，让李仙侣和名九都大吃一惊。

“难道他是装作盲人的？可是为什么呢？”李仙侣百思不得其解。

李仙侣这人虽然有时候很聪明，但是大多数时候还是难以掩饰其是个刚刚入世的雏儿，不过以其资质，想必再多些时日便会成为一个心思玲珑的老成之人。

见识和眼力，是行走江湖的重要能力。

……

辞别了李仙侣，闭目文士背着自己的棋盘和棋墩以及两盒棋子朝着家里走去，走着走着，他的嘴角就扬起微笑，双眼中闪过一丝感兴趣的神色。

对于刚才与李仙侣一连一十三局的对弈，他十分感激。

家还是贫寒的，他除了在老师那里上课之外，还要为生计奔波。自从父母去世后，自己一人便只靠那一方小院和这些棋具来谋生，不过在他假装盲人示弱一年后，这巷子里便没人和他下棋了，因为他几乎就没有输过。

从那以后，他便摆起棋局，和那些野棋士一样开盘赌棋，陆陆续续过了几年，本地人都知晓了他的棋力，于是他的生意对象变成了那些偶尔上钩的外地人，正因如此，他的日子过得十分艰难。

若不是遇上了几位和他好心公子一样的百文顾客，那他可能就活不到今日了。

他虽然闭目，但却心思灵动，这公子的家世自然是很好的，从言谈举止以及落子的表现来看，应该是刚刚出来闯荡，不过其棋力也勉强算得上高手行列了。

他算是这些年遇上的难得能够让自己用心的对手，故而心中感到十分欢喜。

虽然常年不输，但他对下棋的心思日渐清淡，想当初年幼时初次学下棋，不论输赢都很高兴，当真是时光一去不复返啊。

如今的自己只是苟活罢了。

走到巷口，这文士便被人拦了下来。

“李家大公子有请。”一个略显威严的声音响起。

“不见。”这文士平淡开口，态度坚决。

就在不远处的一辆马车上，一个丰神玉骨的白衣公子正手拿一张其上笔墨还没干的纸，上面正是这文士的身世。

就在他和李仙侣进行到第三局的时候，有人将消息送进了李家，这位乘风公子一听便派人打探那闭目文士的身份，文士和李仙侣进行到第五局时，李天星便带人出门，坐车来到巷子外。

而此时，两人已经进行到第七局了，从那一局开始，李天星几乎是听着手下的报告，一直到现在，最后一名探子将闭目文士的身世资料拿来，他才惊奇不已。

“宋景辞，宋城宋家庶子，其父宋志远因为和侍女有染而被家风甚好的宋家逐出家门，后因风寒不治身亡，其母随父自杀。”

李天星走下马车，看着宋景辞面无表情道：“你苟且偷生、闭目装瞎，示人以弱，这七年来每天白日在棋巷赌棋，夜晚在勾栏为青楼女子抚琴，赚得些勉强度日的银子，便想就这样度过余生了？听闻你当年曾说，人不轻狂枉少年，你的轻狂呢？而那宋家如今和那夕照山庄联姻，在宋城的地位更是急剧攀升，你的轻狂呢？就只有装瞎吗？”

这一连两问让那闭目文士也就是宋景辞一时间面带苦涩却不言语，李天星也不说话，只是看着他。

许久之后，李天星才缓缓开口：“我李家愿意资助你。”

这资助，便是投资，若是以后宋景辞有了成就，那便是李家的成功，凡是大家族都是如此作风，资助一些落魄士子，待其功成名就之时，再来回报主家。

而宋城的大家族多是通过这些方法渐渐崛起、壮大，并且在朝中颇有权势。

不过，宋景辞却摇了摇头：“胸中有千斤书、万斤才，却只想卖与帝王家。”

随即转身离开。

一旁的侍卫看向李天星，做了个抹脖子的动作，却见李天星摇了摇头：“他毕竟是李公子的师兄，还是算了吧。”

宋景辞，竟然就是卫敬言的徒弟，也就是李仙侣的师兄中的一位！而李仙侣，却还不知晓这件事。

……

“陛下，那四人已经被处死。”一名侍卫在不远处轻声说道。

“锦衣卫的耳目排查清楚了？”一阵低沉的声音传来，说话的正是刚刚继位的崇祯皇帝朱由检。

“排查清楚了，龙鳞卫已经将他们全部清除，并且渗透进禁宫卫队，基本上这周围全是我们的人了，请陛下放心。”那黑衣侍卫低着头恭敬道。

“魏忠贤想用这迷魂香将寡人变成痴呆之人，其之用心昭然若揭，只是可惜了那国色四人，可惜啊。”朱由检轻笑着将这听在世人耳中惊世骇俗的事情说出，让那侍卫身体微微一震。

这位信王可不是熹宗那个懦弱的皇帝能比的。

“奉圣夫人安排好了？”朱由检又问。

黑衣侍卫低头沉声道：“已安排妥当，在其出宫后，属下便将知晓这件事的人全部处理。”

“嗯，”朱由检轻轻地靠在龙椅上，“魏忠贤的势力太大，朕必须要谨慎又谨慎，客氏毕竟是先帝乳母，对外就宣称是思乡回家去了。”

“是。”

“之前偶然间翻到前工部郎中叶宪祖的奏章，说城内建有魏忠贤的生祠，可有此事？”朱由检忽然一拍脑门，想起这件事。

“回陛下，确有此事，前工部郎中叶宪祖见城内建有魏忠贤生祠，心中感慨，偷偷说了句‘此天子幸辟雍道也，土偶能起立乎’，之后被锦衣卫知晓，进而被魏忠贤知晓，遂被罢官削籍。”

朱由检愤然拍桌，沉声道：“真不知我那兄弟是怎么当的皇帝，将这好好一个天下，弄得如此乌烟瘴气，朕便好好和他玩玩，看那阉人能玩出个什么花样，居然敢妄称自己为九千九百岁。”

那黑衣侍卫只是低头，不敢多说一句话，帝王之威其盛如斯！

第十八章　聪明反被聪明误

待那侍卫退下后，朱由检独自一人坐在冰冷的龙椅上，回想着自己的哥哥死前对自己的嘱咐。

“弟啊，魏忠贤是贪，是爱权，但是他却恪谨忠贞，可计大事，万不可因一时之念杀之，用得好，可以省去你很多工夫。”

这是熹宗对魏忠贤的评价，在朱由检心中，这算是很高的评价了，但是，魏忠贤，必死！

……

“陛下信了？”一个黑影跟在那先前跪在崇祯皇帝跟前的黑衣侍卫身后，朝着禁宫外走去。

“嗯，他以为迷魂香是魏忠贤弄的。”黑衣侍卫得意道。

“那就好，如此一来，算是为其埋下了灭亡的种子，想来陛下绝不会容忍这样一个威胁到自己的家伙存在，很快，那魏老狗就要走上死路了。前些时候我就和东林子弟说过这个法子，但是他们竟然说我心思歹毒不行仁义，将我驱逐了出来，那我只好自己来做了。”

“大人说得是。”

“当年，傅公和杨公接连上疏弹劾老狗，列数他迫害朝臣、迫害太监、迫害嫔妃、蓄养内兵、罗织狱案共计二十四条，其他百官也上百疏，即便这样也不能扳倒他，为什么？就是因为熹宗年幼，又不爱管理朝政，这才让魏忠贤如此强势，后来他去找阁臣韩火广，若不是我爹早有预见，当年的斗争可能真的就被这厮如此揭过了。”黑影恨恨道。

“汪公之死，是我东林最大的损失，但汪公豪气冲天，即便受刑含冤而死，也没有污蔑忠良之辈，世人皆以为他乃是豪侠，却不知，他还是我爹。

“此仇不报，我誓不为人。

“奏章准备得怎么样了？”

“准备好了，有三人明日上奏，其余人等分批数日上奏，全部都是弹劾魏忠贤。”

“相信陛下会心动的。”

……

京城西九胡同，李宅。

就着满园青光，一位骨瘦如柴的锦衣老人躺在太师椅上看着房檐上的月光，一动不动。

在他手边的案几上，放着京城最有名的天河茶，即便是当今圣上，每年也只有五两可以喝，而这里，放置了足足一斤。

这老人便是那日和李仙侣交谈的魏忠贤，也是当今大明除了皇帝外权势最盛的人物。

“老爷，夫人安顿好了，李胜亲自去查探的，而且送来了夫人为您做的荷包，说是有助于安神醒目。”一个高大的身影好似静止一般站在老人身后，声音低沉而又稳定，听起来让人有种极为强烈的安心感。

“嗯，”老人收下荷包放进怀里，嗅着那熟悉的香味，嘴角上扬起一丝久违的微笑，“派人将她接来吧。”

许是不敢相信老人刚才说的话，或者是老人所说的话中蕴含的意味太过于惊骇，那高大的身影竟然抖了一抖，颤声问道：“您……？”

“我的时间不多了。”老人轻轻地回应道，然后似乎有些疲倦地闭目养神了。

那高大身影猛地一颤，然后恭敬地跪下道：“是。”随即将手中那张早已经捏得手心出汗的毯子轻轻地盖在老人身上，这才恭敬地退出院子。

走到有火光处，这高大身影才慢慢显露出真实面貌，竟是一个身材魁梧样貌英俊的中年汉子，而他身上的服饰，正是这满大明都为之色变的锦衣卫都指挥使官服。

就在他走出院子时，立刻有三名锦衣卫高级统领跟上他的步伐。

“三号，你去保护老爷安全，做好一切安全措施，可使用一切必要手段。”那中年男子平静道。

“是！”其中一人抱拳沉声快步离开。

其余二人中有一位青年上前问道：“什么时候去救夫人？”

那中年人沉声道：“现在。”

“属下领命！”那青年快速离开。

而那留在中年人身边的最后一人则神色凝重地问道：“到底有多严重？”

中年人看了他一眼，并没有回答这个问题，而是带着一抹思绪道：“当年袁应泰丢掉辽阳，便是因为熊廷弼被文官们弹劾，当时的老爷还未掌权，直到辽阳失陷，老爷这才将当初弹劾熊廷弼的一个也没有放过，这些误国书生，便是碎尸万段也难以挽回我大明的损失。

“不过天不遂人愿，老爷后来虽然再次起用熊老，但王化贞失陷广宁再次给了那些狗东西机会，拖累熊老被杀，竟然还传首九边。

“据说是皇太极猛攻锦州，赵率教死守锦州苦等支援，但那袁崇焕和监军纪用畏敌避战，若不是满公冒死抗命出兵救锦州，那些蛮子将屠杀我边疆百姓！而后满、赵二人为了能够活命找到了老爷，表了孝心。老爷倒是心里很欢喜，并为他们免去抗命之罪，还罢免了袁、纪二人的官职，那袁崇焕当初还为老爷建了一座生祠。

“这些讨好魏忠贤的人，到底是有了好些个江湖传闻。即便是如兵部尚书赵南星、孙承宗，兵部左侍郎袁可立等愣头青，老爷也依旧不顾我等劝阻，重用这些和他作对的人，说白了就是还有利用价值，老爷终究是老爷，有自己的考量。

“世人皆说老爷滥杀无辜，十恶不赦，可是我等都心知肚明，那些文人那样轻贱老爷，将老爷的功过混沌一片，这等大不敬的言论，杀之而后快有何不可？

“再说那边关之资，无论是军服棉被，兵器盔甲，马匹食物，老爷何时又委屈过这些紧要物资的供应？即便是那袁崇焕任巡抚期间，也对老爷赞不绝口，甚至称为‘从古内臣谁有出其右者’，足见还是有人可以看到老爷的用心的。

“当初为了前线征用马匹，老爷赐给那些十分有钱的太监在宫内骑马的权利。我大明律例有规定，凡是有宫内骑马权利的人逢年过节都必须向皇上供奉一匹好马，这主意虽然不是很妥，但也解了燃眉之急。

“即便如此，我们还是走到了今日局面。”

于是，两人便一路沉默着走了出去。

“呈秀被罢免，便是陛下对老爷宣战的号令，从今天开始，将会有越来越多的人跳出来想要杀掉老爷，你知道该怎么做了吗？”

“属下明白。”那人抱拳沉声领命，然后退走。

中年人看了一眼逐渐被乌云遮盖起来的明月，撇了撇清冷的眸子，担忧地看了一眼小院，离开了李宅。

……

“十月二十六日，嘉兴贡生钱嘉征上疏，公开声讨魏忠贤的‘十大罪状’：并帝、蔑后、弄兵、无君、克剥、无圣、滥爵、滥冒武功、建生祠、通关节。这是自从天启四年杨涟弹劾魏忠贤‘二十四大罪’以来，第一次有人如此公开尖锐地弹劾魏忠贤。”

林溪烟将手中一份不知从哪里来的情报念与李仙侣、林松月听，并谨慎地将这情报当场烧毁，这才带着二人走出地下密室。

“到处都是锦衣卫，我们不得不小心。”林溪烟见李仙侣面带疑惑，解释道，“我们私底下叫他老人，应该无妨。

“听说那位老人连夜进宫痛哭流涕，大呼冤枉，但是天上似乎并不信他，还让那人当场诵读奏章，最后老人不得已称病请辞，天上便让他去凤阳白虎为先天守灵，而后老人便辞去了所有官职爵位，彻底放弃了朝中势力，带人前往凤阳。”

李仙侣听着林溪烟小声的暗语，心中波澜万分，实在难以想象当初那位清瘦老人竟然就是魏忠贤。

刚才林溪烟那番话中有诸多暗语，实际上就是“自从天启四年（公元 1624 年）杨涟弹劾魏忠贤以来，还没有人如此公开尖锐地弹劾魏忠贤。所以，他非常恐慌，一边喊冤，一边装病，圣上根本不相信他的眼泪，反而让人当场宣读钱贡生的奏疏，还要魏忠贤洗耳恭听，魏忠贤实在是受不了这种‘羞辱’，立即称病辞职。在权力场上，‘病’真是一个好东西，说有就有，说没有就没有。魏忠贤本来是想以‘病’为托词，躲过这个风头，好以退为进。没想到，圣上竟然来了一个将计就计，命他去白虎殿为熹宗守灵。这时，魏忠贤才上疏辞去爵位、诰券、田宅。圣上倒好，竟然全部批准，并趁机对朝廷的人事安排进行调整”。

天上便是陛下，先天便是熹宗。

第十九章　师兄弟成为密友

“所以，那位失势，也将造成局势动荡，乱局中，既是向上的好机会，也是最易被害的时间，若想有所作为，就在今朝。”说完这一番话，林溪烟就离开了，留下李仙侣和林松月面面相觑。他们知道，林溪烟这是在告诫李仙侣，让他将那块魏忠贤送给他的玉佩赶紧处理掉。几日前，李仙侣已经将玉佩之事告诉了林溪烟。

一时之间，这块玉佩竟然成了烫手山芋。

为了保命，他还是将那玉佩埋在了一棵树下。

……

“你真的想清楚了？”

“想清楚了，我志在此道，我希望能够为官从而造福百姓，而不是整日和那铜臭打交道。”

“那就好，大哥支持你，我就先回去和爹好好说说，你就在这儿安心学习，这些钱你拿着，让名九管理。”

“大少爷，公子的事情我管不了，他老是乱花钱。”

“哈哈哈！我们家名九也是慢慢长大了，我乱花钱，那你就想办法赚钱呀，干吗给大哥告状？”

李仙侣站在逸仙阁的高楼上，望着夏李村的方向，回想着和大哥李青原告别的场景。

最终，他没有离开宋城，而是选择留在这里，坚定他的求学为官之路。

他想有所作为。

……

重阳节过后，卫敬言终于有机会将自己的徒弟们聚在一起，相互介绍认识，而李仙侣这才惊讶地发现自己的师兄竟然就是那天那个闭目文士。

直到卫敬言离开，将空间留给三个师兄弟，李仙侣这才开心地走到宋景辞身旁一探究竟。

“宋师兄，你不是眼睛那啥吗？怎么又……”李仙侣一脸惊喜地拉着宋景辞的手，好奇地摸上摸下，为两人的缘分惊叹不已。

宋景辞一边无奈地摇着头一边笑而不语，倒是一旁的李仙侣大师兄文静笑着解释道：“二师弟自从在棋巷下棋之后，就是靠着这一招示敌以弱，让众多同行以为他是好欺负的，于是纷纷挑战他，让他吃上了饱饭。”

李仙侣为此想要刨根问底，文静解释道：“不是师兄和师父不帮他，而是他自己倔强地非要这么选择，说什么君子不受嗟来之食，真是扯淡。”

宋景辞倒是不以为然，只说这是自己的生活方式，他不想靠其他人。

师兄弟三人便以此打开话匣，相谈甚欢。

根据李仙侣的观察，大师兄文静是个虽然名字很像姑娘但实际上骨子里却很大男子主义的人，古道热肠，为人忠诚厚道。

二师兄宋景辞淡泊而又宁静，有着儒雅洒脱的性格，为人宽厚，而且进退有据，十分懂得取舍，从他下棋也可以看出，他是一个习惯以退为进的人。

师兄弟三人自从认识之后，便成为密友，李仙侣三天两头往二人那里跑，甚至在夕照山庄待的时间也变少了许多。

大师兄的忠厚和二师兄的儒雅却在这段时间深深地感染了李仙侣，兴许是知道这小师弟初出茅庐，想要学习求生之道，本来不常来往的师兄弟二人便开始有意识地带着李仙侣在宋城到处走走看看，时常相聚在卫敬言家，和老人家探讨一些学问里的事和朝堂之事。

时间转眼而过，宋城进入冬季，寒风却丝毫吹不散宋城的热闹，即便是天气最冷的时候，仍旧有行人穿着厚厚的棉衣在街上游荡，青楼酒肆里依旧人声鼎沸，好不热闹。

然而此时，却有一个浑身裹在黑袍中的神秘身影忽然出现在夕照山庄的门口，递给躲在门前火炉旁冷得瑟瑟发抖的门房一封信。

“这是给李仙侣李公子的信，请他务必出来见我，我有要事相商。”黑袍从斗笠下露出的脸并不凶神恶煞，让原本有些疑心的门房顿时放下了心。

危机往往总是那么出其不意，越是长相普通看似安全的人越有可能带着几分危险。

不过这黑袍人并不是这样，若是李仙侣在他面前，一定认得出，他就是那银发老者身边的那个提醒自己小心黑店的李胜。

也就是魏忠贤的手下。

李仙侣原本正在房内和名九一起研究卫敬言送给他的一本手札，上面记载着这五年来卫敬言总结出来的未名书院的入学考试题目，以便他在年后的入学考试中能取得好成绩，这样才有可能进入书院。

当他收到来信时，他是发蒙的，不过在看到信封里装着的那张写着“此乃黑店，注意安全，早日离开。李胜”的纸条时，他还是吃了一惊，随后脑海里便回想起这小半年来听闻的一切消息，最后，他做了个深呼吸，整了整身上的衣服，将信封重新装好收入怀中，让名九等在屋内，自己踏入了漫天风雪中。

“李先生？”李仙侣走出大门的一瞬间就看见了那个屹立在风雪中的黑袍男子，半感激半惶恐地开口道。

“嗯，跟我来。”李胜并没有多说话，也没有叙旧的意思，实际上他们也没有旧好叙。

于是风雪中出现一对奇怪的组合，一个黑袍人走在前面，浑身散发着生人勿近的气息，而在他身后，走着一个一脸惶恐的青年。青年一身略显寒酸的蓝色棉袄，看起来似乎是逃难一样离开了夕照山庄，朝着宋城某个小角落里走去。

李仙侣一路上都在猜测那位老人见自己的目的到底是为何，但是一想到两人之间地位的悬殊，他又松了口气似的安慰自己，一定是老人路过此地，闲得无聊想要和自己说话，所以才在这大雪天约见自己。

可是他自己都不信自己的这一番猜测，于是，便越走越慢，直到最后，李仙侣站在了一处巷子口，不愿再走。

直到那黑袍李胜转过身来看了他一眼，那略显冷漠的眼神让李仙侣整个人就像坠入了冰窟一样浑身发冷，不由自主地跟着李胜的脚步继续朝前走去。

“唉，”走到一间破落小屋门外时，李胜忽然停住脚步，似乎是想起了当初在那个黑店里看到的那个单纯惶恐的白衣公子似的，沉声道，“老爷是想给你一条通天大道，但这条路却是处处悬崖，所以，你要好好想清楚之后再回答他老人家的问题，我们不会为难你的。”

李仙侣到了门口，反到冷静下来，点了点头，率先推开门走了进去。

几缕雪花夹杂着寒风飘进小屋，却被温暖的炉火瞬间冲散，直到李胜恭敬地退出小屋，守在门外的时候，李仙侣才回过神来。

他为自己看到的人感到惊讶。

因为，当初那个虽然满头银发但却眼神摄人的清瘦老人，如今竟然满脸灰败地缩在椅子里，一股浓浓的暮气从老人的体内散发出来，就连那旺盛的炉火也无法冲散。

“老先生您……”李仙侣下意识地想问到底发生了什么，但却被老人挥手打断。

“公子不必多语，且听老夫慢慢道来。”老人缓缓开口。

……

有个少年，少时家境贫穷，时常混迹于街头巷尾。

后来，他成了亲，妻子姓冯，有个女儿，嫁于杨家，他还有些武功，左右手均能挽弓，箭法很准。无知和年少让他喜欢上了赌博，不过赌运不佳，常常因输钱拿不出银子而受到凌辱。从他的家境和经历来看，已是青年的他当是一个市井无赖。

后来在没有其他出路的情况下，青年怒而净身，入宫当了宦官。也许，这是他当年唯一觉得能够活下去并且养活妻儿的路。

青年在入宫后，干的是最低级的事情，扫地、洗马桶、擦桌子等等，不过他却毫无怨言，默默地做了好多年，直到被一个虽然尖酸刻薄，但是心肠却不错的司礼太监孙暹收到名下，后在甲字库办事，有些油水，因而逐渐富裕了起来。

青年在默默做了几年库管后，那好心太监见他如此勤恳，又提拔他做皇长孙的母亲王才人的典膳，自此，青年巴结上了太监魏朝。

两人交好之下，魏朝多次向王才人称赞这老实的青年，于是王才人也就善待他。

长孙的乳母叫客氏，一向私下服侍魏朝，这就是宫中所谓的对食关系。到青年进宫后，见到貌美的客氏，这位姐姐是如此地善解人意和阳光开朗，让青年在这如深海一样的宫中找到了一丝温暖。一来二去，这位姐姐冷遇魏朝而喜爱青年，两人结成了很深的关系。

万历四十八年、泰昌元年（公元 1620 年），明神宗朱翊钧、明光宗朱常洛在一个多月内先后驾崩，朱由校即位，是为熹宗，次年改元天启。

两人都没想到，那个他们十分喜爱的、喜欢琢磨木器玩具的孩子后来做了皇上。青年和客氏受熹宗宠爱，没过一个月，熹宗便封客氏为奉圣夫人，荫封她的儿子侯国兴、弟弟客光先以及青年的哥哥魏钊为锦衣卫千户。

第二十章　崇祯召老人入朝

青年不久从惜薪司升任司礼监秉笔太监兼提督宝和三殿，由于他不识字，按例不能进司礼监，但因客氏的缘故，他得以破例。

天启元年（公元 1621 年），熹宗诏令赐给客氏香火田，给魏忠贤记治理皇祖陵墓的功劳。御史王心一劝谏，熹宗不听。到熹宗大婚时，御史毕佐周、刘兰请将客氏遣出宫外，大学士刘一火景也这么说，小小的熹宗地位不稳，也不愿意过多地违逆这些一心“为自己好”的大臣的劝告，便恋恋不舍地说：“皇后年幼，尚需老媪护理，等皇祖大葬后再谈。”

这样，客氏才被留下。

后来，已经人到中年的他无意间发现当初和自己交好的魏朝竟然欺辱客氏，于是中年的他独占客氏，逐出魏朝并派人将其暗中杀死。他又忌恨王安“主持正道”，于是设计杀死了王安，将王安名下的阉官全部斥退。

有人说，客氏阴毒凶狠，而中年的他不知书，性猜疑残忍而且阴毒，好阿谀奉承。

但是皇上却非常信任这两个人。

两人为了保护自己，于是便开始培植自己的势力，他们用司礼监王体乾和李永贞、石元雅、涂文辅等人为羽翼，宫中人都不敢忤逆他们。后来客氏出宫，但不久又被召入。

这些人被选中当然是有原因的，他们这些人虽然有些小毛病，但是骨子里还是老实的、善良的，不像那些坏到骨子里的东西。

御史周宗建、侍郎陈邦瞻、御史马鸣起、给事中侯震旸后极力谏阻，都被熹宗斥责。

给事中倪思辉、朱钦相、王心一又向熹宗进言，却都被贬往外地。关心皇帝的中年人虽然没有大智慧，但是小招数不断，于是劝熹宗选择武阉人，制造火器在宫内操练，并秘密说服大学士沈纮为援，支持自己的意见。

他知道，眼前的这个年纪轻轻的皇帝真正喜欢的是那木器，是那些有趣的小玩意儿而不是当皇帝，于是对这和他儿子一样大的小皇帝十分宠溺，便打算帮他，以便于让他有更多的时间做自己喜欢的事。

后来，有个刑部主事刘宗周弹劾中年人，小皇帝大怒，赖大学士叶向高相救，刘宗周才得以获免。

当初，明神宗朱翊钧在位年久，对政事已感到厌倦，奏章多不批阅。廷臣逐渐建立起门户，他们以过激惊人的言论为时尚，借国本之争，指斥宫禁。

宰辅大臣被言官弹劾攻击，常常被迫称病隐退。

天启初年，大臣几乎全被罢免斥退，有识之士已担忧搞得过激将要发生变乱。

到中年的他势力形成后，他的党徒果然图谋要依靠他排挤东林党，不过由于他根基尚浅，所以这些人都没成事。

天启二年（公元 1622 年），皇帝评修庆陵功，荫封中年人的侄儿为锦衣卫指挥佥事。

给事中惠世扬、尚书王纪评论沈纮和中年人、客氏交通，结果都被贬职。正好初夏下冰雹，有个叫周宗建的说冰雹下得不合时令，是中年人的谗言和邪恶造成的，修撰文震孟、太仆寺少卿满朝荐也相继这样说，结果都被皇帝罢免。

中年人知道，皇帝是不喜欢做这些事，并不是真的不懂如何去做这些事。

天启三年（公元 1623 年）春，中年人引荐和自己关系要好的同乡魏广微为大学士。这年秋，皇帝诏令中年人和客氏的儿子侯国兴所庇荫的锦衣官准予世袭。

自此，中年人越发肆无忌惮，将内操军增加到一万人，内穿甲衣出入宫禁，恣意作威施虐。

他无意间发现朱常洛的选侍赵氏心怀不轨，意图谋害小皇帝，于是假传圣旨将其赐死。

这一年，中年人成了统领东厂的人。

天启四年（公元 1624 年），副都御史杨涟非常愤怒，弹劾中年人二十四大罪。

奏疏上呈后，中年人害怕了，向阁臣韩火广请求调解。韩火广不答应，他便跑到小皇帝面前哭诉，并辞掉东厂职务。而客氏从旁为他解释，王体乾等人也一起护着他。

小皇帝已然成年，但还是被中年人和客氏当作小皇帝，兴许是因为这样，所以小皇帝并没有治他的“罪”，而是温言相劝。

小皇帝还在第二天打回杨涟的奏疏，痛加斥责。杨涟既被斥责，魏大中以及给事中陈良训、许誉卿，抚宁侯朱国弼，南京兵部尚书陈道亨，侍郎岳元声等七十余人，纷纷上奏中年人的“不法之事”。叶向高和礼部尚书翁正春请将其遣回私宅，以平息公众的指责，但小皇帝不许。

皇帝知道，一旦中年人走了，就没有人帮他挡住那些如海潮一般的奏章和永无尽头的琐事。

皇帝知道，中年人本是不识字的，但是为了帮他批阅奏折，时常花费大量的时间请人帮他把那难懂的文言文翻译为白话，在批阅之后，又翻译成文言文写在圣旨上。

皇帝也知道，这个视自己像儿子一样的中年人是不可能背叛自己的，除了童年时的关爱，还因为，他就是个老实人，有些小毛病的老实人。

那时，中年人很气愤，想将异己全部杀掉，一个想巴结他的人便偷偷地把中年人所忌恨的人记录下来，交给他，让他逐个将他们贬斥。另一个家伙又倡议用廷杖，威胁廷臣。

不久，工部郎中万火景上书指责中年人，却立即被杖死。中年人又借御史林汝翥的事侮辱叶向高，叶向高因此辞职而去，而林汝翥也被杖打，廷臣都很恐惧。

一时间被罢斥的有吏部尚书赵南星、左都御史高攀龙、吏部侍郎陈于廷以及杨涟、左光斗、魏大中等前后数十人。

其后又驱逐当初不愿帮他的韩火广和兵部侍郎李邦华。

那些愣头青离开了朝廷，就如摇动枯树纷纷落下的叶子一样。他于是假传圣旨升用了一批他觉得虽然有小毛病但是还能用的人。

他和那些巴结他的人一起，想尽办法要将那些迂腐而又“正直”的东林党人除去。每日替皇帝打理朝政的他知道，国家已经像一个破筛子了，什么正直、什么儒家礼仪都没办法救这棵快要枯死的大树，只有他和手底下这群人才能勉强地给这快要枯死的大树续命。

大明已不强大，而是虚有其表、脆弱不堪的病秧子。这时候，不需要仁义道德，不需要孔孟说教，需要的是苟延残喘。

但是，刚上台的崇祯，还是没能看清局面。

十月二十七，崇祯皇帝召九千岁老人入朝。

紫禁如牢，祥云尽散。

文武百官鱼贯而入，紧随在一个银发老人身后，好似百舸争流一般朝着那眼前的大殿而去。

黄顶红墙，琉璃瀑落，白色的汉白玉化为一个巨大的须弥座将整座金黄通红的建筑生生托起，脚下中轴线两侧是磨砖对缝的青石砖，历经千年的良材美玉，聚集在这紫禁宫闱中。

从这中轴线延伸出去，便是大明江山的三重案山，当今天子崇祯皇帝朱由检，便端坐在那金色龙椅之上，面南而听天下。

老人看着这巍巍紫禁，回首看向那泱泱百官，步催步，死气沉。

跟在他身后的一人明显身份不够，但却不知为何站在百官之前，紧随老人身后，就在老人回头一看时，那人吓得赶紧缩回了脚，不敢向前，而百官也纷纷低头止步。

老人轻笑一声，转身继续拾级而上，而直到这时，文武百官这才纷纷跟上他的脚步，朝着大殿走去。

殿中设有龙椅宝座高高在上，而殿前则是丹陛，摆有铜龟、铜鹤、日晷、嘉量四样重器，上下露台列有十八尊铜鼎。

当百官站定之后，一身龙袍的天子这才缓缓出现，其身后跟着几位皇子。按照习惯，这个时候应该是太监宣布早朝开始，然后君臣一问一答，之后便“有事启奏，无事退朝”。

不过今日，却不是如此。

“传嘉兴贡生钱嘉征。”

第二十一章　魏忠贤遭谪贬后

那个被老人之前吓退的人急匆匆地走上前来，低头便拜。

“听闻你有奏折，其中涉及魏老，你且念来，寡人听听是否属实。”崇祯端坐大殿之上，面无表情地和老人对视着，似乎放纵他在这最后时日的放肆。

“弹劾魏忠贤十大罪：一与皇帝并列，二蔑视皇后，三搬弄兵权，四无二祖列宗，五克削藩王封爵，六目无圣人，七滥加爵赏，八掩盖边功，九剥削百姓，十交通关节。

“其人蔑视皇权，自称为九千九百岁，并……”

来自朝堂上的声音一字一字地传进老人耳里，文武官员纷纷低声议论，并时不时地瞥向从前都不敢看一眼的老人。

但是老人却并没有动容分毫，数十年的宫中磨砺，已经让他的心像那棵老树一样坚韧而又麻木了。

许久之后，直到朝堂上再无声音，整个紫禁城也瞬间变得寂静起来。

崇祯看着老人，老人也看着崇祯。

许久后，老人低下了头颅。

场间寂静无声，鸦雀无声，落针可闻。

天启七年十一月，魏忠贤被免去司礼监和东厂职务，谪发凤阳守祖陵。

……

老人静静地躺在太师椅中，而李仙侣则坐立不安地坐在他对面，心中十分煎熬。

他从未如此了解过面前这个人，可以说，从没有人亲耳听这位“九千岁”讲过他的人生轨迹。

李仙侣，是第一个。

“人老了，心事也多了，让公子浪费了许多时间。李胜。”老人话音刚落，黑衣李胜便推门而入，瞬间将风雪挡在门外，恭敬地半跪下来。

李仙侣不知道此时此刻魏忠贤为什么要对自己说这些，到底有什么目的。他满腹疑团，但又不敢多问。

“送李公子回去，再送些银两与他。”

老人看着李仙侣，面带悲戚道：“李公子，有缘再见了，这大明，还要靠你们这些年轻人才是。”

李仙侣是一脸百思不得其解地被李胜牵着走出了屋子，来到了风雪中，被那寒气一吹，才清醒过来。

随后，他止步不前。

“如果你愿意帮助老爷，老爷能让你三年之内连中三元，入朝为官，所要付出的代价不过是帮助老爷回到朝堂。这大明没有他，只会亡得更快。”李胜似乎是察觉了李仙侣的心思，隔着风雪淡淡道。

李仙侣却轻轻摇了摇头：“我想做官，不是因为我要入朝为官，而是因为我想做些力所能及的事，给那些还在荒野挣扎的穷苦百姓们。

“官，还是要做的，但是靠我自己，而不是你家老爷。”

李胜面无表情道：“那就希望公子能跟我走一趟了，我会找个地方让你想清楚的。”

他想起老爷的嘱咐，内心悲戚不已。

也只有这样，才能保证这李公子的安全了。

……

“什么？你说仙侣他不见了？”林溪烟皱着眉头看着站在他面前的名九和林松月，看着外面已经昏暗的天色，心中极速思考着。

“你先说清楚，他早上起床后发生了什么，一并说来。”林溪烟对一脸惶恐的名九道。

也许是林溪烟的淡定感染了名九，名九哭丧着脸说道：“今早起床后，公子就忽然收到门房递进来的一封信，说是门外有人求见，然后公子就打开了信。我当时在忙着打洗脸水，并不知道那信中写了什么，但是公子看了信后就急匆匆地洗了脸出门去了。”

“他没说什么吗？”林溪烟问道。

名九仔细思量了一会儿才摇头道：“没有，只说是去见个故人，让我留在家里。我当时也没多想，以为他去去就回，没想到这一去就是一天，我才着急找了林姐姐，求恩公帮忙找找公子，我怕他出事。”

“放心，在宋城内很少有人敢为非作歹，更何况逸仙阁雅会后，就连街边的乞丐都认识了李公子，都知道他是我夕照山庄的朋友，白道上的人也许不怎么待见我夕照山庄，但是黑道上的人一定不敢惹他。”

虽然听到林溪烟这么说，名九还是疑惑道：“可是公子到底去哪儿了呢？”

名九心急火燎。

林松月这时候忽然开口道：“故人？你和你家公子出门之后遇上了哪些人？说来听听。”

而坐在一旁的林溪烟此时却眉头突然一皱，拍了一下桌子，道：“不好。”

林松月和名九同时着急地看向他，不知道他所说的“不好”，到底指的是什么。

林溪烟沉声道：“你们还记得曾经告诉过我，你和你家公子在那个黑店里遇到的那些古怪的人和那个神秘老头吗？后来我们不是判断他就是那大太监魏忠贤吗？我记得谪凡说过他曾收过此人一块玉佩，你们可还记得？

“我月前听闻消息有说圣上怪罪责罚于魏忠贤，将其司礼监职位和东厂诸多职务全部剥夺，谪贬其前往凤阳给先帝守陵。那消息是十一月初发的，而到如今十二月，他们很可能此时走到了宋城。而那魏忠贤树倒猢狲散，此刻正是势力空虚之时，若想要东山再起，势必要再招揽一批能干之人、贤良之才，你家公子的天资想必那位早已将其看在眼中，此时路过宋城岂能不将其招揽一番？”

听到林溪烟这样说，林松月和名九同时神情大变，事情果真如林溪烟所言，那么李仙侣此去岂不是凶多吉少？

“那该怎么办？求恩公救救我家公子。”名九二话不说就跪倒在地上对林溪烟请求道。他们在宋城无根无据，如果有谁能帮助他们，那就只有林溪烟以及夕照山庄了。

但林溪烟却忽然摆手道：“如果真是那老人将李公子请去，你们大可不必过于担心。那位老人的行事我还是知道一些的，虽然手段极其阴险歹毒，但也不至于对这样一个文弱书生下手。更何况，谪凡是个聪明之人，他会见机行事，保护好自己的。

“所以你们不必担心，我还是要去查，万一不是那老人将他带去，事情反倒麻烦了。

“这件事还请小月前去告知卫老先生，以他在宋城的能量查出公子应该不是难事，顺便了解一下那位老人如今的处境，我对这些是不太明白的。只有了解了那位老人的处境，我们才能知道如果他真的将谪凡请去，谪凡会遇到什么。

“而我也会马上出发，放心，我会动用夕照山庄的情报网去侦查，想必到明天日出之时便会有结果。”

林溪烟果然十分镇定，仔细安排了三人的任务后，便起身离开。

林松月闻言，欣然点头，带着名九急匆匆地朝着卫敬言卫老先生家跑去。

而卫老先生知道这件事后也是大惊失色，在卫秋霜面色惨白的哀求下，穿着衣服出门，朝着未名书院急匆匆赶去，在宋城也只有未名书院的院长大人有能力找到锦衣卫想要的人。

而对于那位老人当今的处境，卫老先生只对林松月说了一句话。

“根已断，树将倾。”

林松月得了消息无处可去，便又带着名九回到了夕照山庄，等待还未归来的林溪烟。

不过在走出林松月和名九的视线之后，卫敬言却并没有朝着未名书院的方向走去，而是直接走到一处偏僻的巷子站在里面，靠着墙壁似乎在等着什么人。

果然不出他所料，不到盏茶工夫，巷外便出现了一个身着黑袍的人，此人正是李胜。

“我家老爷请老先生前去一叙。”他声音冷淡，但却带着一丝恭敬。

卫敬言这些年的名声还是比较大的，即便是国子监的祭酒也对其学问夸赞不已。

卫老先生先是抬头看了那黑袍人李胜一眼，随后才淡淡地说道：“我那不争气的弟子现在是否安好？”

李胜轻声说道：“回卫先生，李公子现在正在一个安全的地方，我不让他回夕照山庄，自然是老爷的安排。他这样做也是为了李公子好，相信卫先生能够理解其中道理。”

卫敬言点了点头：“既然如今锦衣卫已经不在魏千岁的掌控之下，那他们便随时都有可能出现在我的身边，一旦发现我等和千岁有过接触，势必不会放过我的。不过活到这个年纪，我也活够了，唉，走吧！”

“李胜一直觉得像卫老先生这样的绝世大儒一定会理解我家老爷的所作所为，多的话我也不便再说，只希望卫老先生能够仔细想想清楚，到底什么才是对我大明最有利的东西。”

卫敬言轻哼一声：“即便如此，便能掩盖掉千岁大人的恶行吗？”

李胜不再言语，这种话不应该由他来说，想必千岁大人会很好地说服这位大儒。

第二十二章　回顾此生终成梦

二人缓慢前行，在大约三盏茶的时间后走到了一处小巷内。

不过李胜却停下了脚步不愿意再走。

卫敬言正要发问，就见李胜忽然将手按在刀柄上，示意卫敬言往后退。

饱读圣贤书的卫敬言却从没有见过这种场面，一时间只好颤颤巍巍地朝后退去。然而就在李胜对他挥手的一瞬间，只听一声厉啸从一旁的雪堆中轰然发出，一个满身白袍的刺客将一柄寒光凛凛的利刃直刺向李胜的腋下。

不过，李胜却像是早就有所准备一样，几乎是在那厉啸发出的瞬间，就一个退步一刀将那寒光挡住，然后猛地一错步，瞬间一道殷红的鲜血“唰”地溅射在苍白的雪地里。

那血是李胜的，也是白衣刺客的，只见被李胜划破的胸口处露出锦衣卫官服特有的纹路。那刺客捂着胸口正要后退，却见被伤了一臂的李胜从腰间抽出一把匕首，然后疯狂地从后面一个飞扑，一把抓住那刺客的脚踝，将其拉住，然后顺着其腿部爬上去，用那匕首狠狠地插进那刺客的后脖。

卫敬言看着那刺客从他眼前活生生被李胜刺死，那双睁得大大的恐怖的眼睛让他有一丝不祥之感。

“走吧，卫老先生。”但李胜却面无表情地将跌坐在地的卫敬言一把拉起来，然后带着他朝着不远处的一个客栈走去。

那尸体就这样躺在地上，到处都是鲜血，红白相间中，一股刺鼻的血腥味渐渐地弥漫开来。

最后，二人来到一条老街，这里有一间客栈，虽然破落，从其内的装潢依旧可以看出当初的这里还是有过繁华的。

一进门，缓过神的卫老先生便看见那位清瘦老人站在桌前，一壶梅子酒被他温在火炉上。

“哈哈哈哈，别来无恙啊！你别以为换了姓氏就能与我断了远亲的关系，逃不掉的，该来的总会来。不过，我对你是敬重的，像我这种内臣竟然还有如此博学的远房亲戚，倒是让我此生无憾了。”

“千岁大人玩笑了，您身份高贵，我怎么可能高攀得起？更何况我卫家并没有这种祸乱朝纲的亲戚。”

“你……”

一旁的李胜闻言愤怒得将手放在腰间的刀柄上，却见老人轻轻挥了挥手，于是退出客栈。

“祸乱朝纲也罢，祸害江山也罢，我做的事情我背了，大明如今处在风雨之中，飘摇不定，江山不稳。满朝之中便是你等文人，满口是理，张嘴闭嘴，便是忠心耿耿，以死明志，谁知道江山已经处于破败的边缘？大明不需要你们这些废物，而需要的是钱，需要的是粮食，需要的是安稳，需要的是再拖延数十年。只有这样，关外的那些蛮子才能够被我们拖垮，而我大明才能够再苟延残喘数十年。

“若当真让你们这些酸腐儒生当政，想必我大明也活不过二十年了。

“如今我虽然暂退，但是当今圣上还很年轻，目光短浅，看不到如今这样下去的趋势，所以我才希望找个明白人帮我入朝，看着这大明江山，不能毁于一旦。

“结果，你这一句话，顿时让我很失望，原来未名书院所出之大儒也不过如此。

“不过如此。”

老人一边淡然地说着好像朝中没了他就不行了的话，一边静静地坐在太师椅中，伸手将梅子酒放在桌上。

听完魏忠贤所说，卫敬言久久没有回应，而是叹了口气，轻轻地坐在了他的对面，指着梅子酒道：“能否让我喝上一杯？”

魏忠贤笑着点头道：“随意。”

“我说句话，你不要嫌不中听。”卫敬言喝了一口梅子酒后忽然开口道。

“喝你一口酒，我送你一句话，我觉得你活不过这个月。”

魏忠贤脸色不变，淡定地问道：“何出此言？”

卫敬言轻声说道：“圣上刚刚上位隐忍不发至今，便是希望将你铲除。他很年轻，所以他应该轻狂，他认为如果自己能够励精图治，还能挽回大明的根本，所以你必死无疑。

“是，我承认你对大明的前朝皇帝曾经用心伺候过，这也使他对你信任有加，可这天下是姓朱的，不管你有没有把祸乱朝纲和越权当成是你自己的罪过，也已经走上了穷途末路，你活不过这个月。”

卫敬言说着，喝了两口，便放下不再喝。

当真是一口酒一句话，不多也不少。

一连两句“你活不过这个月”就像一道阎王的催命符一样深深地刻进了魏忠贤心中。

其实内心早已明白自己的处境，魏忠贤长叹一口气，已然没有了刚才那份淡然洒脱，向后深深一缩，缩进椅子中抚摸着身上的袍子。

“唉，也好，我能从一个市井无赖混到如今这个地步，也算是不枉此生了。”

然而就在此时，李胜却忽然推门闯了进来，带着一身浓重的血气，还未说话就被魏忠贤挥手制止。

他遗憾地看了眼这家客栈：“卫敬言，我这一生见了你这种酸腐儒生一般都是只杀不救，但兴许是人之将死，其言也善，今日我想救你，至于成与不成就看造化了。和我在一起，也算是连累了你，我没想到皇帝小儿竟然如此着急。李胜，将卫先生双手捆绑关进客栈，然后随我一起去迎接圣旨。”

李胜虽然不明白自家老爷为什么会知晓自己还没有说出口的话，但仍旧服从地带着卫敬言走上了客栈二楼，将其双手捆绑关入房内。

而这一切都是在卫敬言的默许之下，他叹了口气，只想着天下将会短暂地在表面上宁静一段时间。

随后也许就是一场疾风骤雨，他只希望自己在这场风暴中苟活下来，就算无法活下来，也要不牵连儿女才是。

……

而此时在夕照山庄的林溪烟也打听到了极为重要的消息，拽着林松月和名九冲向了城中某个小店。

果然，他们在店内找到了被关在屋内的李仙侣。

随后一道让林溪烟也脸色煞白的消息传到了他手中。

李仙侣不明所以，提声问道：“到底发生了什么事？”

林溪烟一脸震撼地对李仙侣道：“圣旨在城中福来客栈，对休息在那里的九千岁魏忠贤进行了宣判，称其有罪，不日押解回京。除了卫老先生外，其余随行数十名护卫全部被杀，只有三人活了下来，福来客栈成了一片血地。”

所有人都有一种山雨欲来风满楼的感觉，众人匆匆忙忙地赶回卫家，却见卫老先生一脸平静地坐在家中，一言不发，安然无恙，众人这才一齐回到夕照山庄。

夜深人静，此时的福来客栈中，到处都是血迹，空气中布满了刺鼻的味道。

唯独魏忠贤和李胜所坐的桌子旁十分整洁，这是门外那些胜利者留给他们的最后尊严。

李胜满身是血地跌坐在魏忠贤身旁，而老人家则面色平静地一口又一口喝着桌上的梅子酒，丝毫不为自己的遭遇所动。

那些奉旨前来捉拿他的锦衣卫和随行官员都等在客栈外的寒风中。

李胜只觉得手臂处似乎有一个无底洞，让自己浑身的血液都朝那里涌去，而他的眼睛也渐渐变得模糊起来。

自从被老爷收养之后，他便时时跟在老爷身边，从来都没有将魏忠贤视为自己的主人，而是将他当作父亲一般尊敬保护。

即便是走到今天这种地步，即便是现在自己即将死去，他也毫不后悔自己的选择和所作所为。

他坚信，在外人眼里老爷是罪人，但在他眼里老爷是好人，他坚信，自己是在为信仰流血。

“小胜，来，喝一杯。”

魏忠贤递给李胜一杯梅子酒，然后自己则端起酒壶狠狠地灌进喉咙，似乎想要将这人生最后的送行酒喝出无穷的滋味来。

就在这时，客栈外遥遥传来一声清朗的唱腔。

只听有人清唱道：

“随行的是寒月影，吆喝的是马声嘶。

“似这般荒凉也，真个不如死。”

随即那声音越飘越远，再也听不清楚。

听闻此言，老人缓缓地叹了口气，慢慢地站上了酒桌。

梁上，早已悬着一根白绳。

他将那根白绳缓缓地扣在自己的脖子上，然后双脚一蹬，至此了结。

而李胜在目睹了自家老爷上吊自杀后，也渐渐失去了气息，靠在椅子上化为了一座冰凉的雕像。

至此，大明的大太监魏忠贤的一生，就此落下帷幕。

随着魏忠贤自杀的消息传开，整个大明朝到处都是议论。

百姓们欢呼声连天，朝中百官也是纷纷额手称庆。

就像是即将开启某个盛世一般，忽然间，整个世界都变得喜庆起来。

然而，就在宋城的李仙侣等人以为事情将如此结束时，又一道晴天霹雳突然而至，将他们打了个措手不及。

“那宣判圣旨的队伍中有一人当初和卫老先生乃是同窗，其硬是声称卫老先生和魏忠贤沆瀣一气，是远房亲戚，试图将老先生治罪，如果这属实，卫老先生绝对会被抄家。”

林溪烟不知从哪儿得了消息，第一时间就告知李仙侣和卫敬言的其余两位弟子。

“啊，这可怎么办？”李仙侣瞬间慌了神，他不知道卫老是不是真的和魏忠贤沾亲带故。

第二十三章　林溪烟想出妙计

文静一言不发，宋景辞也是满面悲色，这些事情，难道是他们这些升斗小民能够做得了主的？

“如今时间紧迫，卫老先生还要靠未名书院救，所以我们不要乱，能救一个是一个，你俩不要乱，听我的安排。”

林溪烟到底走南闯北见多识广，果然十分镇定，他有条不紊地安排着他的计划，也不知是如何想出来的，让众人眼睛一亮，顿觉十分巧妙。

但心中悲伤却忍不住化作泪水流下，卫老可是他们最敬佩的老师，如今却有可能遭此大难，当真是老天爷无眼。

李仙侣和林溪烟等人带着极为复杂的心情前往卫家对卫敬言老爷子讲述了这些事情。

但是让人感到意外的是，卫老爷子似乎对此事早有预料，并没有感到多么恐慌，而是从容不迫地对李仙侣师兄弟三人嘱咐着后事。

“我死之后，你们师兄弟三人便不要再提是我的徒弟，最好就在明日另择名师，想必以你们的才华，未名书院定有很多大儒愿意接受你们，到那时，即便我身死，你们也不会有事。

“而我则对外公布说你们三人我已经教授不了了，这样就可以最大程度上保护你们。”

不过听了他这句话，一向对他尊重有加、忠厚老实的大师兄文静却忽然笑道：“老师，如此说辞当真是让弟子无言以对，不过我师兄弟三人既然拜您为老师，那就是一日为师一生为父。我们怎么可能为了明哲保身而抛弃老师您呢？

“您放心，即便是最坏的打算，我们也不会转投他人，以我师兄弟三人之才，即便是自学，也会在朝中取得功名，来日入朝为官，必然为师父沉冤昭雪。”

宋景辞也是同样的看法，他点了点头淡然道：“即便是随老师一起去死，又如何？不过若当真这样死去，那真是窝囊。明日弟子就去与那李家合作，他们之前邀请过我，而被我拒绝。借他们之手，我在三年内必然可以为官，六年内必然可以入阁，十年内必然能为师父沉冤昭雪。我宋景辞在此发誓，此仇不报，我誓不为人。”

一向波澜不惊的宋景辞难得有如此情绪激昂的时候。

而李仙侣却什么话都没说，只是上前抱了抱师父。

卫老爷子看着三个弟子如此模样，深深地叹了口气，既为自己当初的眼光感到欣慰，自己果然没有看错几个弟子的品性，却也为自己连累了他们而感到自责。

如果自己当时没有选择他们，想必他们如今一样可以出人头地，而不至于跟着自己遭罪。虽然他们不是卫家人，但一旦自己获罪，他们一定会被人排挤。

“卫家并不是什么名门望族，也没有太多的族人，除了我老头子外就只有秋霜和冬寒二人。我已经是垂垂老矣，就算是死了，也没什么可惜的，但是秋霜和冬寒两人尚年幼，若随我这朽木一起入土当真是可惜。你们有没有什么办法帮帮他们？不过为师也不难为你们，这件事你们能帮就帮，不能帮就赶紧脱离干系不要受到牵连。”

听到父亲说出这一番话，卫秋霜和卫冬寒哭红了眼睛扑向他，一时间一家人抱头痛哭，似乎立刻就要骨肉分离。

李仙侣更是在一旁气得浑身发抖，若不是那狗贼无耻污蔑师父，老师他怎么可能会遭此大难？此时的他恨不得自己能够拥有绝世武功，立刻冲去将那狗贼碎尸万段，以报师父被栽赃的仇。

可他只是一个文弱书生，还能做什么呢？

倒是随他们而来的林溪烟镇定地对卫敬言道：“老先生不必太过伤心，这件事既然让我夕照山庄知道了，便不会不帮。晚辈有一计策，不知道卫先生能否配合？”

原本有些绝望的卫敬言听到这位夕照山庄的三公子有意帮助自己，喜出望外，但同时又有一些顾虑，轻声说：“林公子愿意相助，自然是我卫家的福气，不知道会不会拖累夕照山庄？”

林溪烟笑道：“这件事情，既然我管了，当然要保证万无一失，还有在场各位的安全，但您……”

“公子但说无妨，卫某犬子、小女若能逃过这一劫，必当涌泉相报。”魏老爷子激动得就要作揖，被林溪烟和李仙侣赶忙扶起来。

众人也是充满希冀地看着他。

于是林溪烟向众人缓缓道来自己的妙计：“我的计策就是，我们来一个移花接木偷梁换柱。”

见众人不解，林溪烟又解释道：“我知道有一种药能够使人假死，如果让秋霜姑娘吃下，那么就可以假装病死，然后在对方发难之前将其下葬。我会提前派人准备墓穴，并在葬坑中留下气孔，让秋霜姑娘躲在墓中，等到那些官差离开后，再将其挖出易容打扮，这样便可以达到移花接木的效果。

“而卫冬寒小公子就不能再用此计，所以我打算将其乔装之后，随着我夕照山庄的商队送到夕照山庄宁夏的马场那里。那是为皇室提供优质马匹的牧场，也算是特殊机构，如果能将卫冬寒公子送进其中，便可以利用这特殊机构的特殊权利躲过官差的搜查。

“只不过这样一来，冬寒公子就需要隐姓埋名，并且再也不能回到宋城，这样才能保得性命。至于卫老先生您，则必须死在这里，不然这件事没办法交代。您不死，您的一双儿女就无法苟活。而且卫秋霜姑娘也要赶紧离开宋城，从此以后再也不回来，这样才能够躲过耳目众多的锦衣卫的视线。

“当然，这些都是最差的情况，如果未名书院院长能够救得卫老先生，那么大家自然就不必再为此发愁。”

听了他所说的，众人一致点头，觉得这是最好的方法了，而且卫冬寒年纪尚小，随便化装也不会被人认出。

可是，卫秋霜和卫冬寒却不愿意：“我们不能将父亲就此丢下。”

他们说完之后，大家都不再言语，没人想将卫老先生丢在这里等死，可是锦衣卫势力遍布天下，即便是卫老先生逃了，又能逃到哪里去呢？

“能不能让冬寒假死？”卫秋霜显然觉得假死似乎更安全一些。

“不行，”林溪烟不同意，“这不是说想不想的事，秋霜姑娘这两年在城内略有名声，所以不能以乔装打扮的方法离开，假死是最好的办法，而冬寒年纪小，比较容易脱身，更何况那假死之药也不是没有副作用，成年人运气好还能活过来，而未成年人几乎必死无疑。”

听到他这样说，卫秋霜不再说话。

“而且这件事进行得越早越好，越早越真，活下来的几率越大。”宋景辞到底是江湖中走南闯北，思深忧远。

卫敬言听了后，二话不说就果断道：“那么不如就今天吧。”

卫秋霜和卫冬寒一听立马跪倒在地，哭喊着“不要”，哭过之后，二人也不得不含泪同意父亲的决定。

因为只有这样，他卫家的香火才不会断绝，就算卫秋霜不为自己着想，也要为自己的弟弟着想，所以危难之下，无论如何都要尽全力地选择保护弟弟。

“凡事要做最坏的打算，如果卫老爷真的出事，那到时候再出招就来不及了。”林松月也开口劝道。

卫敬言深深地叹了口气，看向林溪烟和李仙侣二人。

“若不是夕照山庄提前通知我，卫家当真会躲不过这次劫难，公子之大恩大德，老夫没齿难忘。”

随即他对着林溪烟深深地作了一揖，却被林溪烟侧身躲过。

之后，他又看向李仙侣直言道：“谪凡，为师虽然收你时日最短，但是却对你了解最深。我知道秋霜一直寄情于你，如果这次事情过后，她能活下来，还希望你能够多多照顾她，这是师父最后的请求。”

李仙侣闻言先是一愣，随即内心有万千的情绪在翻滚，看着师父就像在进行临终的托付，于是擦了擦冒着细汗的额头，答应下来。

“老师您请放心，秋霜妹妹我会好好照顾的。”

说完，泪水又忍不住地滑落，这时候的所有人都希望事情会向好的方向发展。

当天夜晚，卫家便传来凄厉的哭声，随后便是一阵哭天喊地的号叫。

第二天，让乡亲邻里震惊的是，大儒卫敬言的大女儿卫秋霜竟然在昨日夜晚得病暴毙家中。

而卫敬言的三个徒弟纷纷前往卫家。

街坊邻里都觉得那姑娘生得清纯可爱，平日里也是为人和善，喜欢相助街坊邻居，而且知书达理，是个一等一的好姑娘，如今就这样死去，当真可惜。

不过生老病死，这是老天爷才能够决定的事情，大家只是觉得可惜，随后便哭了一哭，安抚了老爷子后便各自回家。

随后几天，林溪烟、林松月等卫秋霜生前好友纷纷前往吊唁，而宋城的各个有名的儒生也都纷纷前往卫家安抚卫老先生。

只是奇怪的是，以往和卫老先生走得颇近的宋城四大家族竟然都没有派人前往吊唁，这让宋城的百姓们和各个势力纷纷感到疑惑不已。

第二十四章　卫老先生的去世

就在卫秋霜“病死”之后，夕照山庄也找了个日子，打算将卫冬寒送往西北的牧场。

临别这天，夕照山庄偏门，林松月、卫秋霜、名九、卫冬寒四人抱在一起久久不能平静。

这一别，极有可能是天人永诀，再无相见之日。

“姐姐，你要保护好自己，好好的，等我长大，我会照顾好自己的。”原本有些任性的卫冬寒此刻却像一个小男子汉一样，拍着自己的胸脯，像对待妹妹一样对卫秋霜道。

卫秋霜此刻早已成为泪人，搂着弟弟止不住地哭泣。

卫冬寒轻轻地挣脱了姐姐的双臂，看着一旁的李仙侣沉声道：“李大哥的恩情，冬寒铭记在心，永生不忘，还望李大哥替我向林大哥道谢。”

“还有，”本已转身打算离开的卫冬寒忽然看着李仙侣道，“如果让我知道你对我姐不好，我会杀了你。”

随即，小小的人儿转身离开，上了夕照山庄的商队马车，对着一个胖胖的中年人道：“父亲，我们走吧。”

那人正是林溪烟安排带卫冬寒离开的亲信。

两日后，便有消息传出，卫家小公子因为姐姐的死亡和卫老爷子大吵一架，离家出走失踪不见。众人又是议论纷纷，这卫家真是倒了八辈子霉。

这样一来，卫老爷子家中便只剩了他一个人。

为了儿女着想，卫老先生毅然决定赴死。

而更出乎宋城百姓意料的是，就在卫秋霜下葬一日之后，忽然有官差说卫老先生勾结魏忠贤，还犯下诸多罪行，要将其抓捕归案，于是卫家立刻便被官府捕快包围得水泄不通。

而得知这件事的未名书院院长为了卫老先生亲自上书圣上，替他鸣冤抱不平。

然而，尚未等到皇帝的批复，一队一队的官差就和锦衣卫冲进卫家，将卫老先生捉拿，并对外宣称其勾结魏忠贤。

卫老先生的小儿子卫冬寒不知去向，大女儿卫秋霜前日病死，这件事自然是让锦衣卫察觉到了诡异。在大明，被抄家之后，家中女眷一般是会被送到教坊司当舞女，或者沦为奴隶，如果姿色较好，说不定下场更惨。

所以他们见惯了那些被抄家的大官贵族为了救女眷使出的各种方法。

不过，在亲自了解了事情经过并且探查了卫秋霜的坟墓之后，他们也不得不相信卫秋霜真的是病死了。

或者，有心人也许发现了什么，但是因为卫敬言不过是个老儒生而已，便最后给他留了一条后路。

至于卫敬言的儿子卫冬寒，锦衣卫发布了通缉令。

不过夕照山庄的能量在这一片地方还是十分强大的，况且卫冬寒人小目标小，化装被带走后基本上没人能找到。

即便是锦衣卫也想不到这个小孩子会混入商队，成为商人的小儿子，朝着夕照山庄在西北的马场而去。

就在除夕当日，那些等不及的锦衣卫便带人将卫老先生在街上杀了，并且暴尸荒野。

所有魏忠贤的党羽以及那些有和魏忠贤勾结嫌疑的人一并被清理干净。

整个宋城陷入一片凄风苦雨中。

未名书院的院长亲自为卫老先生写下一篇悼文。

因为此事，其还被锦衣卫革去了书院院长一职。

这一切都被李仙侣看在眼里，如同一根刺，深深地扎在了心里。

不知为什么，如今的他，那想要当官的念头早已不如当初那么执着而热烈了。

甚至，在他心底还隐隐地产生了一丝对做官的排斥和厌恶感。

甚至于对这个国家，对朝廷，对那个皇上，也有一丝的不满。

犹记得师父去世之前对他意味深长地说道：

“仙侣，你可记得什么是人生？其实，我这一生终究是错付的，我本姓‘魏’，不是‘卫’，是魏敬言，却欲撇开与奸臣同道、沾亲，故取了谐音之意，用了卫姓。我这一去，便也复了我的本名吧！”竟是如此这般，李仙侣这才对锦衣卫追杀之事恍然大悟。

自从卫老先生死后，李仙侣的身边便多了一个青衣婢女，名九也多了一个姐姐。

对化身成为他婢女的卫秋霜，李仙侣自然是尊重有加，而且对其关心备至。

在这种丧父之痛和亡家之痛的双重打击下，卫秋霜几乎要丧失活下去的信心，但在李仙侣的陪伴下，她感激并爱慕着，她打算此生就陪在李仙侣身边。

哪怕是做一个婢女，她也愿意。

“林花谢了春红，太匆匆；无奈朝来寒雨，晚来风。”

李仙侣一边听着卫秋霜轻声诵读，一边提笔在纸上写着什么，而名九则负责为其研墨。

大哥走时给了李仙侣不少银两，所以即便是暂住在夕照山庄，他也照付生活费。

此时距离卫老先生去世已有一月之余。

似乎一切都渐渐回到了正轨，但是李仙侣知道，在那夜深无人之时，卫秋霜还是会躲在院中悄悄哭泣。

每当他闻声出来询问时，她嘴上总是说自己晚上忧虑，睡不着觉，出来散步。

于是，为了陪陪卫秋霜，李仙侣便每夜出来和她一起伴着蜡烛读诗诵词，谈古论今，一边交流着读书心得，一边互诉着各自的心思想法。

渐渐地，一来二去，少男少女便产生了浓浓的情愫。

而另一边，林松月对于林溪烟的感情似乎随着时间的流淌日益加深。

……

“师兄，尝一下。”林松月一脸“快夸我”的样子看得林溪烟心疼不已，只好尝了一口林松月烹制的小吃。

结果……

“呃……”看着林溪烟哭笑不得，脸上的五官都皱了起来的难看样子，一旁的李仙侣和名九都捧腹大笑。

反倒是林松月一脸疑惑，不知道林溪烟为何是如此表现，于是眼疾手快地躲过林溪烟阻拦的手，尝了一口自己做的甜饭。

结果……

“呸呸呸！这啥玩意儿！”林松月一口将自己的杰作吐在地上，然后一脸心灰意冷地冲出了屋子。

林溪烟冲着李仙侣无奈一笑，然后赶紧追了出去：“师妹！师妹！等等我！”

“我觉得你还是多学几个剑法招式适合你，喂，师妹……”林溪烟一边大声喊着一边追。

“唉。”李仙侣看到二人走后，这才一屁股坐在椅子上埋怨名九，“都怪你，非得出什么馊主意说‘抓住一个男人的心就要先抓住他的胃’，结果呢，小月的厨艺你还能不知道？简直是唐门弟子制毒高手，这下可能不是抓住了胃，而是揪出了胃。”

往后的日子，林松月几乎是每天都往林溪烟这里跑，知道这一切的夕照山庄主事之人纷纷闭口不谈，就当无视这件事。

不过就连名九都清楚，林溪烟乃是百年世家之子，身负光大家族荣耀之责，他的婚事从来都不是自己能做主的，更何况林溪烟的妻子也只能是门当户对的大家闺秀，而不是林松月这个假小子。

那宋月笙本来就生得水灵，貌美如花，林溪烟自然也没有什么不愿意的，而且两人小时候还约定了长大后要结为夫妻，所以更算是青梅竹马。

对于林松月的感情，林溪烟不是没有发觉，只是因为两人胜似兄妹，所以更加认真对待林松月，不愿意伤害她的感情。

他知道自己对林松月只是哥哥对妹妹那种呵护之情，根本不是爱情。

所以时常看着林松月一个人发愁，内心十分煎熬，到最后更是躲避不见。更何况，他的弟弟林洛也喜欢林松月，身为哥哥，怎么可能和弟弟去抢喜欢的女子？

长痛不如短痛，林溪烟深思熟虑之后决定提前和宋月笙举办婚礼。

……

“师兄？师兄！”林松月端着一小盒改良加强版的小吃站在了林溪烟门外，可是喊了好久都不见有人回应，疑惑之下她抓住一个路过的丫鬟询问。

可是，那丫鬟却支支吾吾地不愿交代，直到把林松月逼急了将丫鬟扛在肩上准备带走时，那丫鬟才战战兢兢地对她说明了缘由。

原来，早在今天清晨，林溪烟就带着夕照山庄的聘礼前去宋家提亲了。

“三公子不让任何人对您说起这件事，奴婢罪该万死，请小姐千万不要告诉三少爷！”看那婢女一脸惊恐的表情，林松月不由得脸色一缓，轻轻在她后背拍了几下，随后做了保证，便怅然若失地走回了自己的小院。

那盒小吃，洒落一地。

“为什么？”她喃喃自语道，一下跌坐在椅子上，抱着膝盖无声地哭了起来。

爱而不得的痛是撕心裂肺的。

而躲过了林松月的纠缠后，那婢女也是心思灵动之人，她思前想后觉得这件事可能不妥，几乎整个夕照山庄的人都能看得出林姑娘喜欢三少爷，而大家在闲聊八卦时发现，绝大多数用人喜欢林姑娘而不是那个娇滴滴的宋家大小姐。身为女人，她十分能够体会那种因为身份而无法和所爱的人在一起是多么痛苦。

生怕林松月想不开，做出什么不好的事情，她灵机一动，跑到了李仙侣居住的小院。

这位李公子似乎和林姑娘关系要好，没准儿他能帮帮林姑娘。

在听了婢女的讲述后，李仙侣自然感谢了一番。

“真是感谢小红姐姐告知，我替松月感谢您了。”

见李仙侣如此温文尔雅，小红低笑着点头离开了。

送走这好心的婢女后，李仙侣摇了摇头，忧心忡忡地朝着林松月的小院赶去。

第二十五章　李仙侣开导松月

果然，还没进院子，一阵凛冽的气息就让李仙侣打了个激灵，他伸出脖子往里一看，就见一个白衣胜雪的靓丽身姿正在院内将手中的宝剑舞得让人眼花缭乱。

满园寒光翠，剑气似人悲。

李仙侣见状，叹了口气，轻声喊了句："小月！"

就见林松月忽然停下身子，红着眼睛看向闻讯赶来的李仙侣，就像看到自己的亲人。这个时候她太需要有人在身边了，于是随即扔下手中宝剑，扑了过来。

李仙侣下意识地就搂住了林松月，听着怀中女子凄婉的哭声，他有些束手无策，只能轻轻拍着她的肩膀说："过几天就没事了，没事了，你是女侠嘛！"

整个夕照山庄和宋家在年刚过完之时便开始准备婚礼，整个宋城都知晓这件事，各大家族纷纷送来贺礼，基本上只要是有头有脸的人都送出了自己的祝福。

只有林松月在得知这件事后，整个人就像垮了一样，不是挥剑砍树叶，就是躲在房间不出来。

短短几日，就瘦得不成人形，看得李仙侣心疼不已。

他怎么能看着自己的好朋友如此难受呢？

在和卫秋霜商量后，李仙侣决定多陪陪林松月，开导开导她，免得她想不开做傻事。

在李仙侣心里，这姑娘估计是个能够抢亲的主儿。

……

这一日，林松月正坐在院子里发呆，蓦然抬头间，就见一只五颜六色的丑陋风筝正摇摇晃晃地飞在天上，时不时地往下栽，一看就是个新手放的。

不过让她感到好奇的是，那丑陋的风筝上似乎还有一张字条，上面的字倒是很清秀，不过内容嘛……

“林松月之鸢”。

林松月当下就惊了，这是哪个缺德的家伙，顶着自己的名号，在外面放出这么丑的风筝！

当她冲出小院来到外面的空地上时，看见两个满脸大汗的家伙正可怜兮兮地看着她，带着一脸傻笑和满脸的灰土，看得林松月莫名地笑了出来。

“啊哈，看我的林松月号是不是极其壮丽？看她那完美的身姿，优美的飞行曲线，动人的色彩，是不是很喜欢？”

不等林松月开口，李仙侣忽然将手中的风筝线交给名九，自己跳上一处土坡，忽然又扬起脑袋，四十五度角仰望天空，然后将双手背在身后，缓缓吟道：“登玉廊却不胜意，聆风吟然不如卿。享有太平安度日，蝶舞纷纷迷茫尘。”

一旁的林松月眉目一闪，看着颇为英俊的李仙侣，一时间将其错看为林溪烟。

不，林溪烟身上更多的是江湖侠士气息，而李仙侣身上有一股子文人气。

一股豪气自然而然地就从李仙侣的身上散发而出，仿佛当日在逸仙阁，那个满脸稚气却有着一种特殊魅力的李仙侣再次出现。

就在林松月为其感慨的时候，李仙侣脚下的土堆却忽然塌了下去。

“啊呀！”就见李仙侣随着土堆跌了下去。

看到李仙侣憨憨地坐在地上一个劲儿地傻笑，林松月瞬间“噗嗤”一声笑了出来。名九掩面无语，为自家公子的表现感到丢脸。

将李仙侣扶起来后，林松月带着一脸笑意问道：“拿来，我的李仙侣号呢？”

李仙侣赶紧拿出早已准备好的另一只简约美观的风筝递给林松月，上面用一手清新的字写着“谪凡号”。

看起来整体上比“林松月之鸢”高了一个档次。

“好呀你个李仙侣，你自己的弄这么好看，本姑娘的丑出天际？”林松月一把抓住李仙侣的领口，怒气冲冲地问道。

“小姐姐，我错了！”李仙侣当然是好汉不吃眼前亏，赶紧低声求饶。

见他一脸畏畏缩缩求饶的样子，林松月啼笑皆非。

林松月终于笑了。

回住处的路上，回想起林松月这几天来第一次露出的笑脸，李仙侣终于放下了心中那块石头。

正在家里帮李仙侣收拾屋子整理衣物的卫秋霜见李仙侣傻笑着走了回来，心中像打翻了醋坛子一样，但还是隐忍不发地帮他一边擦脸一边拍打身上的土，没想到李仙侣却一下子趁势抓住了卫秋霜的手。

“秋霜，夜深人静，孤男寡女共处一室。”然后便不再言语，而是直勾勾地看着她。

卫秋霜哪里想到李仙侣竟然会说出这种让她毫无防备的话，顿时面红耳赤地呆在原地，一动不敢动，任由李仙侣抓住她的手。

不承想，李仙侣却忽然做了个鬼脸，然后看着卫秋霜满脸绯红的样子，笑吟吟的也不说话。

卫秋霜反应过来，一定是李仙侣发现了自己的不开心，所以在逗自己开心。

她低眉垂眼地一下扑进李仙侣怀中，紧紧地抓住他胸口的衣服，生怕他不要自己，将自己推开。

李仙侣一愣之下，原本打算急忙将卫秋霜推开，但是忽然想起卫敬言最后那老泪纵横的双眼，化为一声浓浓的叹息，轻轻地将卫秋霜揽进了怀里，紧紧抱住。

“傻丫头，一天就知道瞎想，小月姐可是我的救命恩人，在这种她最需要帮助的时候，我怎么能坐视不理呢？所以难免疏忽了你，不过我觉得咱们自己人没必要计较这些，是不是？”

卫秋霜听到他说“自己人”，更是羞得将脸埋进李仙侣的胸口，不过却是满心欢喜，只觉得自己此刻就是世上最幸福的人，若是弟弟还在，父亲还在，一家人该多幸福！

想到此处，她就忍不住悲从中来。

听到她哭，李仙侣知道她想起了老师，也不说什么，只是紧紧地抱着她，希望她感受到自己的温暖和关心。李仙侣心里明白，自己给她更多的爱，才能让她从悲痛中慢慢走出来。

原本打算进屋帮李仙侣打洗脚水的名九一进门就看见公子和卫姑娘抱在一起，还不知道发生了什么，捂着嘴悄悄地将门关上溜了。

……

第二日，李仙侣又想出了妙招去找林松月。

“教我练武吧，小月姐，教我习武吧！”李仙侣一脸严肃地看着林松月，认真地说道。

“习武？就你？这个年龄能练成什么？见鬼了。”林松月瞥了他一眼，一脸不屑地说道。

李仙侣脸色一垮，拽住林松月的胳膊求道：“教教我嘛，你看，没有武功的我到处被人欺负，之前还差点在店里被人宰掉，如果我会武功的话，是不是以后就不用你来保护我了？”

“可是你现在学也太晚了吧？我和师兄都是在四五岁的时候就开始练身子，直到七八年之后才开始学习剑术拳脚功夫。

“而你现在都已经快二十岁了，人在这个时候身子骨已经定型了，要想习武得吃很大的苦头才能得到很小的收获，你真的要学？”林松月明显不信他的话，猜测他可能又是想整自己。

李仙侣认真地点了点头，说道：“我想清楚了，我要学得一技傍身，这样以后见人我就可以说自己是文武双全了。”

林松月只好捂着额头无奈地说道：“好吧，好吧。”

随即对着李仙侣指导道：“那你先在院子里跑上三圈让我看看。”

李仙侣看了看林松月的小院，一脸不信道：“这么大的院子才跑三圈，你确定？”

不承想，林松月却笑着道：“谁说是我的院子，我指的是整个夕照山庄的大院子！”

李仙侣一听，瞬间有些后悔，那得多少里地？

之后，整个夕照山庄的用人们都看到了一个奇怪的景象，那林三公子的好朋友李公子挽起袖子扎紧裤腿，在夕照山庄里蹿来蹿去不知道在做什么，只搞得自己灰头土脸气喘吁吁的样子。

到后来，只见李仙侣喘得像一条狗一样，基本上是连跑带爬地冲回了林松月的小院。

此时距离他出发已经一个多时辰了。

一进门，就看见林松月舒舒服服地躺在太师椅里一边喝着清茶，一边吹着小风，悠然自得的样子，让李仙侣恨得咬牙切齿。

只见他气喘吁吁地对着林松月说道："跑……跑完了，还……要做什么？"

看到满头大汗脸色苍白的李仙侣，林松月摇了摇头："竟然跑完了，那就在这里站一会儿。"

此时的李仙侣两股战战，浑身酸痛，呼吸急促，哪里还站得住？只想立刻倒在地上躺一躺，放松一下。

不过一想到自己的目标，立刻强忍着酸痛，站在原地。

忽然，林松月板起小脸，又道："用双手捏捏大腿和小腿，然后在原地蹦一蹦放松一下你身上的筋骨。"

李仙侣不明所以，急性子的林松月直接站在他面前，亲自上手示范。

于是李仙侣跟着林松月一招一式地完成了一套奇怪的放松拳术，就像在跳舞一样。

"这套拳法叫五禽戏，乃是养生放松的拳法，你把它学会，每天早中晚各练一次。"说完，拍拍小手打算离开。

只见李仙侣站在原地尴尬地挠着脑袋，道："大姐，我，我没记住啊。”

林松月转过身来狠狠地在他身上一拧：“谁是你大姐？说清楚！”

“林姑娘，林姑……哦哦哦，疼！”

最后，在欺负了李仙侣一遍后，林松月又重新演示了三遍。

第二十六章　辞别在夕照山庄

本想考考李仙侣记忆力的她还未说完，就见李仙侣流畅地将一整套动作做完整，坐了下来。

这下倒是让林松月吃了一惊。

她没想到李仙侣的记忆力竟然如此之好，而且身体协调能力也不错。

“可以呀，你天资不错，可惜，可惜。”林松月一边拍着李仙侣的肩膀一边一脸遗憾地故作老成道。

听到林松月的赞叹，李仙侣激动得昂起了脑袋说道：“现在，知道我是天纵之资了吧？”

林松月翻了个白眼道：“来，大天才，先抱着脑袋蹲下。”

等到李仙侣蹲下后，她又说道：“抱紧脑袋站起来，就这样蹲下站起来，重复五十次。”

李仙侣本以为林松月是在耍她，毕竟这个抱着脑袋的姿势可是十分羞耻的，不过他在重复了十遍之后就感觉到双腿更加酸疼，这才知道原来这是林松月的某种锻炼方法。

“小月姐……啊……”李仙侣挣扎着站起来，“这能练什么啊？”

“啊……”他又挣扎着蹲下去。

林松月在他头上拍了一巴掌道：“练你的，要想有大的进步，就要咬牙坚持下去。”

于是李仙侣只好使出吃奶的劲，站起又蹲了下去，可是一个平常本就疏于锻炼的文弱书生，哪里能做得了如此超出极限负荷的运动？于是在重复第三十一次后，李仙侣便跌坐在地上再也无法动弹了，而且糟糕的是，他几乎快要失去两腿的感觉了。

一旁的林松月先是打趣了他一番，随即想到自己并不知李仙侣这么多年来从来没有锻炼过身体这件事，一下让他过量锻炼会对他的肌肉造成损伤，于是又赶紧帮李仙侣打了盆热水，让他泡泡脚放松放松两腿肌肉。

看着李仙侣狼狈地坐在椅子上泡脚，林松月看着看着便笑出声来。

看到林松月的笑脸，李仙侣顿时觉得十分满足，自己此行的目的就算是达到了。

“你说你非要这样折腾到底是为了什么？”林松月忽然开口让李仙侣心中一跳。

不过转眼他就恢复平静，笑着道：“我觉得如果想要有更多精力去读书，那就必须有一个很好的身体，可是如何有一个好身体呢？那就只有习武强身，听起来是不是很有道理？”

林松月想了想，好像真是这样，点头道：“那行吧，从今天开始，我每天给你一定的任务，你完成之后我过一段时间检查，如果效果好，那就继续，如果没什么效果，说明你不适合练武，还是练练养生拳算了。”

听到林松月这样说，李仙侣连忙点头称是，然后一瘸一拐地回到了自己的住处。

晚上，他对秋霜讲了今天自己的经历，听得她是花枝乱颤，笑得乐不可支。

就这样，日子渐渐地过去了，时间一闪而逝，四月很快就到了，李仙侣的身体也渐渐地健康敦实起来，这让林松月感到十分满意，看来自己的督促还是有效果的。

这一天，李仙侣正在院子里和秋霜、林松月、林倩三人一起练字，只见门房小子忽然跑进来道："李公子，您的大哥来了，现在就在门外。"

惊喜之下，李仙侣连忙冲出夕照山庄大门，果然看见大哥李青原正带着一些礼物站在门口。

李青原虽然是来看望弟弟，但是仍旧没有失了礼数，他先是将礼物送到林夫人手中，表示了李家对于他们照顾李仙侣的感激之情，随即随着李仙侣回到小院，并将自己此行的目的告诉了他。

"大哥这次来是告诉你，你和徐家小姐徐珊的婚约被提前到了五月十号，爹希望你早点回去完婚，不要让徐姑娘着急。"

听了李青原的话后，原本正在端茶送水的卫秋霜却忽然脸色苍白地小跑回了自己的屋子。李青原在刚才也知道了卫家的事，皱着眉头想着如何解决这件事。

"婚约，怎么这么快？"李仙侣眉头一皱，吃惊地问道。

李青原叹了口气说道："你放心，我想如果你和父亲说明了你的情况，以及卫姑娘的情况，父亲并不会嫌弃她，只要你能让徐姑娘没有怨言地接受卫姑娘，那这门亲事便没有问题不是吗？

"更何况以卫姑娘现在的身份，还暂时不能暴露，想要明媒正娶她，是不现实的，如果你和徐姑娘结婚，她还可以利用侍女的身份更好地待在你身边，这样护她周全岂不是两全其美？”

李仙侣听后点了点头，对兄长的话表示赞同，他也想不出更好的办法了：“如此一来，岂不是今天就要走？不然的话五月十号之前是到不了家的。”

李仙侣忽然想起了林松月，自己这一走，她可怎么办？

“也没有这么急，这次我在那边寻得了两匹好马，马车的速度能快上一截，而且我们也没有多少行李，一路上速度应该快上不少，所以你别急，可以再待两天，收拾妥当后再和我一起上路。正好我在宋城也有一些生意要去查看。”

李仙侣点了点头，和自己的哥哥自然不用客气，于是答应了兄长，等到李青原离开后，李仙侣才找到躲在屋内的秋霜。

她果然哭红了眼睛，正躲在屋内以为自己将被抛弃。

不承想李仙侣上来就将她紧紧搂在怀里，道：“傻丫头，我从来没想过会丢下你，不管是谁都不能让我丢下你不管，不过和徐姑娘的婚约是从小就定下的，我也没办法。你放心，她知书达礼，我想如果把你的故事告诉她，她一定不会排斥你，更何况师父临终的托付，我怎么会忘？我还要给师父正名呢。你先隐姓埋名，将来一定是堂堂正正的谪凡之妻卫秋霜。除非你不愿意和我一起生活，如果你不愿意，我可以不回去。”

卫秋霜赶紧摇头：“我愿意，我愿意，只是我不想再让李哥哥为了我而付出更多了，我怕连累你。朝廷如果发现我，深究起来，罪臣之女，我……我会连累你全家的。”

李仙侣听了后只觉得满心疼惜，并暗暗告诉自己，如果回家后，徐珊不能答应这件事，那这个亲不结也罢，反正自己当初已经离家一次，再来一次又有何妨？恩师生前最放不下的就是儿女，自已无论从哪方面都有责任保护她。李仙侣安慰道："都过去那么久了，不许再提了，恩师一身清白，遭奸臣连累，大家都清楚，好了，不许哭了。"

看到了李仙侣的决心，卫秋霜擦干了眼泪，默默地帮李仙侣开始收拾东西。

看着卫秋霜在收拾东西，李仙侣微微一笑，心道自己真是幸运。

"我去和小月姐告别。"李仙侣和卫秋霜说了句就出门了。

李仙侣离开了小院后，朝着林松月住处走去。这件事情还是要告知林松月的，看来两个人要就此道别了吧？

"成亲？那是好事啊！"林松月在听到消息后第一反应就是开心，她是由衷地为李仙侣感到开心。

"你个臭小子真是福气不浅！"林松月羡慕道，"那秋霜怎么办？"

李仙侣傻傻地笑了笑，缓缓地走向林松月："我会处理好的，你也会找到属于自己的幸福的，所以，要快乐哦。"

林松月知道李仙侣是在安慰自己，她也知道仙侣志不在这里，他有太多的事要做，成家、立业，天下没有不散之筵席……

林家人在不久后便都知道了李仙侣要回家成亲这件事，整个山庄的人都前来道贺，林夫人更是送出了一份厚礼。

而林溪烟则亲自为李仙侣订做了两套红装表示祝贺。

林松月跟着林溪烟一起，大大方方地祝福了他并且开心地表示，自己以后有时间一定会去看看李仙侣的。

这段时日以来她每日消沉，而李仙侣一直陪在她身边逗她笑，逗她开心，对于他，林松月满怀感激，是李仙侣让她慢慢地走出了痛苦，对于李仙侣，她有着一种说不清的感觉，分不出是恩情还是慢慢在内心升起的情愫。

不过李仙侣已经有了卫小姐，以后还会有徐姑娘，她不愿意再去介入李仙侣的生活，更何况她的内心深处还有师兄林溪烟。

别离，最是让人心伤，让人忧愁。

“几许春愁，化尽寒冬忧，三分离别，五味情愁。”

李仙侣转身看着“夕照山庄”四个大字，又看了眼站在门前的林溪烟和林松月，感叹时光飞逝，这里有太多的故事。

短短半年时光便让自己经历了如此多的事情，更是让自己从稚嫩变得坚强，成长成熟，历经生死，甚至是看到了朝代的更迭，国家的动荡。

不需要过多的语言，离别时的沉默和不舍，大家都了然于心。

“有空来兰溪夏李村找我，我带你们两位好好地逛一逛我们那里，也让我尽一下地主之谊。”

总是需要有一个人来打破这个僵局的，说完，李仙侣十分不舍地看着林松月，轻声说道：“告辞，有缘再见。”

随即转身走上了马车，钻入车厢内。

马车“嘎吱嘎吱”地慢慢走远，林松月看着李仙侣的马车逐渐消失在视线中，还是久久不愿离开。

这个男人，在这些时日是她的精神支柱，也陪她度过了最难熬的时光，她知道李仙侣对自己的感情并不是喜欢，而只是一丝朦胧的好感。

她只希望李仙侣这一路平安，以后能够生活得如愿，希望他能够过得幸福。

至于她自己，林松月扭头看了眼一旁的林溪烟，轻声说道：“师兄，成亲是定在几月几号？”

看到林松月平静的眼神，林溪烟终于松了一口气，轻声回答道："和谪凡同在五月十号，想来我可以和谪凡同时成亲。"

林松月点了点头，转身走向城外："师兄，祝你幸福。"

林溪烟闻言，看着林松月洒脱的背影，笑着摇了摇头，转身走进了夕照山庄。

这对人儿就此走向相反的两个方向，林溪烟不知这一别即是永别。

第二十七章　心有灵犀一点通

时间的脚步是无声的，五月十号这天很快就到了。

整个宋城都陷入了一片欢歌笑语，所有人都在议论夕照山庄三少爷今天成亲的大喜事。

而夕照山庄果然大气，在全城各个重要街口都广发喜帖，施粥散财。

而宋城各大势力领头人，包括各大家族族长以及未名书院数位大儒纷纷前来道贺。

但身为主角的林溪烟却一直站在“夕照山庄”四个大字的牌匾下等候着。

直到所有的宾客全部入席之后，他仍旧久久没有出现，而此时天空则下起了倾盆大雨。

林母着急地吩咐人前去查看时，才发现林溪烟就蹲坐在夕照山庄门口的屋檐下，呆呆地看着雨水冲刷着地面，似乎在等着什么人。

“少爷，您怎么还不进去？夫人都生气了。”仆人在身后急切地对林溪烟道。

然而林溪烟头也不回地对他道：“你先进去，我过一会儿就来。”

那仆人也不敢违逆林溪烟的意思，只好飞快地跑回宴席上向林夫人道明情况，而陪在林溪烟一旁的林倩也担忧地朝着山庄内看了眼："三哥，她不会来了。"

林夫人脸色凝重地坐在宴席上，强装笑脸地对众人解释，林溪烟有些紧张，正在屋内缓和心情。

于是众宾客纷纷大笑表示理解，毕竟这是人生大事，紧张是难免的。

而在夕照山庄的大门口，林溪烟终于看到了两个熟悉的身影，他们踩着湿漉漉的地面，脚步轻快地朝着这里走来。

一见面，他便笑着起身道："我还以为二位今日来不了呢。"

文静和宋景辞大笑着说道："今日乃林兄成亲的大好日子，我二人怎能不来？这是礼品，小小心意，不要嫌弃。"

林溪烟收过礼物，看向宋景辞手中的另一样东西。

宋景辞这才将一直捏在手中的那一棵青翠的小松树捧了起来。

林溪烟没有说话，而是默默地将松树接了过来。

"林公子，我二人临行遇到了林姑娘，她说……她今天不想见你，所以拜托我们带来这些礼物。她说她要去外面的世界看一看，让你不要担心，她会经常回去看望尊师的。

"唉，林姑娘她……"宋景辞话没说完，但是所有人都知道他话中的含意，两人知道此刻再多的语言也是苍白的，宋景辞拍了拍林溪烟的肩，走进了夕照山庄。

错身而过时，文静忍不住说了句："街口。"

林溪烟遥望着越下越大的雨，似乎在那街道的尽头，看到了一道孤独潇洒的身影。

他将小树放在脚边，运起轻功飞快地冲向那道身影。

但等他走到街道尽头时，却发现这里什么都没有，并没有任何人等在这里，除了越积越深的小水潭。

林溪烟摸了摸湿漉漉的脸颊，沉沉地叹了口气，然后转身朝着夕照山庄方向走去。

就在他看不到的角落里，一个白衣身影，身背宝剑，就那样呆呆地看着他，全身湿透，泪流满面。

“保重。”林松月轻声说道，接着头也不回地大步朝着宋城外走去，她要好好地看看这大千世界，她也不愿意待在这伤心的地方。

同样是来时的三尺青锋，同样是来时的那一袭白衣，同样是来时的明艳动人。

不同的是，那复杂的心情和浓浓的不舍。

……

少女：“师弟，给师姐猜一猜，这东西到底有什么用？”

少年：“谁是你师弟？要叫师兄知道吗？这东西很简单啊！”

少女：“嘁，叫你师兄你就知道这是什么吗？”

少年：“我不知道呀，但就算我不知道，你还得叫我师兄呀。”

……

少女：“唉，师弟，师弟，快给师姐揉揉脚，老头子太狠心，对待女孩子也不知道温柔些。”

少年：“师妹，你太过胡闹了吧？师父不是你能随便评价的。”

少女：“咋？我就评价了，他能拿我咋样？他又不在。”

少年：“嗯，其实师兄想告诉你的是，师父他现在就站在你的身后静静地看着你，嗯，他的双手大概微微有些颤抖。”

师父：“林——松——月。”

少女托着下巴：“哦，我似乎听见一个威武英俊的绝世大侠正站在我的身后，大声呼喊着我的名字。”

师兄和师父：“……”

少女：“师兄呀，我想吃刘记油炸糖糕，但是我没有钱。”

少年：“师兄不是才给了你一两银子吗？去哪儿了？”

少女：“被山下镇子里的王家老大抢走了，他还骂我，说我是没人要的野孩子。”

少年：“欺人太甚，走，师兄给你报仇去。”

……

少年龇牙咧嘴：“啊！轻点轻点。”

少女偷笑：“师兄，你好蠢呀，对面明明有二十多个人，你还非要冲进去逞英雄，你看你，这下被人揍成猪头了吧？”

少年气愤：“呀！你个臭丫头，要不是为了你，师兄我能和人家打架吗？”

少女鄙视：“嘁，要不是你武功差，怎么可能被人打倒？”

少年不爽：“喂！你还想不想吃炸糖糕啊？”

少女一脸吃货相：“哎呀，想吃。”

少年得意：“想吃是吧？乖乖叫声‘师兄’来听，师兄给你吃糖糕。”

少女立刻开心道：“师兄，师兄……”

少年心满意足：“看！这是什么？”

少女激动道：“哇！糖糕！是从哪里来的？”

少年威风道：“当然是抢回来的呀！”

少女花痴道：“哇，师兄，你好棒呀。”

少年拍着胸脯：“放心吧，师兄今后会保护你一辈子的。”

少女：“你怕是再过两年就会被我超过，然后就是我保护你一辈子而不是你保护我了，哈哈哈哈。”

少年气急：“你个臭丫头，就你那武功还要练个二十年吧！”

少女抓狂：“小溪溪，你说谁？”

少年毫不示弱：“小月月，我说你！”

林松月回头看了眼宋城那逐渐消失在风雨中的人影，轻轻道声：“师兄，告辞。”

就像在对自己过去的人生告别。

……

若要问人间最幸福的事情是什么，李仙侣会回答：“当然是读诗诵词。”

若要再问人间比读诗诵词更幸福的事情是什么，李仙侣会回答：“当然是和我家娘子一起读诗诵词。”

若要问人世间最最幸福的事情是什么，李仙侣会回答：“当然是两位娘子读诗，我来诵词。”

现在，他每天过的基本就是这种生活，出乎他意料的是，徐珊对于他与卫秋霜的故事竟十分感动，不仅真心实意地接受了卫秋霜，而且还将其尊为姐姐。

而卫秋霜出身书香门第，不仅知书达礼，而且博学广闻，她和徐珊二人一拍即合，只经过了短短半天就变成了无话不说的好姐妹。

而他们每日最喜欢的就是三人一起互问互答，今日，恰好轮到徐珊出题。

“相公，卫姐姐，请听题。”

“请问这‘世上最高的楼’代表着哪句名诗？”

仅仅过了三息工夫，李仙侣便率先起身，用一脸自信的表情轻声吟道:“危楼高百尺，手可摘星辰。不敢高声语，恐惊天上人。”

“回答正确。”徐珊激动道。

“太好了。”李仙侣像个孩子一样上前激动得抱着徐珊亲了一口，让其羞红了脸。

“啊，我本来已经想到了，你这个赖皮，竟然敢在我前面抢答！打你。”卫秋霜在一旁立刻不依不饶地笑道。

“哇，你是男人，真不知道让着女人，打你。”徐珊也加入“欺负”李仙侣的阵列。

“哈哈哈哈哈。”一阵欢声笑语。

“好了好了，不闹了，我们来听第二题。”徐珊见李仙侣有变身欺侮她的趋势，赶紧转移话题。

“请问这‘世界上最长的头发’所代表的名诗是什么？”

“白发三千丈，缘愁似个长。”卫秋霜在徐珊话音刚落之际便抢先回答道。

“回答正解！”徐珊开心得和卫秋霜抱在一起欢呼。

“嘁，大才子连个女人都不如。”没等李仙侣回过神来，两个女人的攻击便接踵而至。

“相公，你好笨呐。”卫秋霜如是说。

“好啊，你们两个！我赢了，你们嘲讽我，我输了你们也嘲讽我！是不是欠家教？”李仙侣正要张牙舞爪地冲上去，结果就被徐珊打断。

“好好好，不闹了。”徐珊每次都是见好就收。

“下一题，”徐珊开口，不过看着李仙侣和卫秋霜瞪着眼睛认真地看着她，就像两个正在读书的稚嫩孩童一样，又忍不住笑出声来，“哈哈哈哈哈，你们两个好搞笑。”

“你是不是故意的，嗯？”李仙侣装作一副有些生气的模样，转过身去，让一旁的卫秋霜有些束手无措。

“好了好了，吓到你了，我们再来。”这次倒是李仙侣先收着，惹得徐珊用小粉拳直捶他肩膀，一边捶，一边喊：“让你欺负我！让你欺负我！”

“好了，好了，不闹了，说真的，有你们俩在我身边真是我的福气。”李仙侣若有所思地说。

徐珊微微一笑，她明白李仙侣对自己更多的是相敬如宾的感觉，而对秋霜才是真正的男女之情。

秋霜心里也明白，李仙侣是值得托付终身的君子，从他这些年的为人处事，可以说是一个重情重义的男子。

第二十八章　卫秋霜成魏秋霜

“秋霜！”安静了半晌的李仙侣突然想起了什么。

“什么？”两位夫人异口同声。

“一晃师父走了也有些时日，我想风声差不多也过去了，该为师父正名了，魏姓。当初师父为了与魏忠贤撇清关系改姓卫，没想到还是遭到连累，如今时隔那么久，秋霜，以后不用再隐姓埋名了，以后叫回魏秋霜吧！”

“好！”魏秋霜和徐珊一起拍手叫好。

自从带着秋霜回乡，虽然对外宣称其是丫鬟，但李仙侣待她一直与待徐珊一样。

徐珊又是一个明事理的人。

此时的李仙侣与魏秋霜对视一眼，看向徐珊再次说道：“有贤妻如你，是我之幸。”

一边说着一边握住了徐珊的手。

“理所应当的！”徐珊给李仙侣一个深情的拥抱。

接着走向秋霜说道：“魏姐姐，以后还是这样称呼吧！”

“嗯。”只见魏秋霜一脸感激地站起来接着道。

李仙侣看了看两人，笑着说：“不愧是我家媳妇。”

魏秋霜终于名正言顺了，羞涩之余瞥了眼李仙侣，顿时将脸垂得很低很低。

“哈哈哈哈！”

徐珊见到魏秋霜的小女儿姿态，捂嘴笑得前仰后合，而魏秋霜见徐珊要笑她，便冲上前去对其上下其手，打闹一番。

玩闹过后，徐珊再次提议接着问答，于是说：“上半句，见兔而顾犬，未为晚也，下一句是？”

“亡羊而补牢，未为迟也。”

李仙侣悠然自得地躺在太师椅上品了一口清茶，微笑道。

“姐姐，你看他那样子，简直是得意忘形了，好像就他会似的，大家都会好不好？”

没想到徐珊下一秒竟然直接翻脸，对着魏秋霜一阵告状。

顿时，李仙侣看到端庄的徐珊也有可爱的模样，一不小心笑得将那口茶水喷了出来。

“接下来这个有难度。”徐珊神秘道。

“这是我家私塾先生在我小时候曾经写下的一篇文章中的一句话，那位先生，你认识哦。”

徐珊看着李仙侣神秘道。

“哦？我认识？”李仙侣一脸茫然地搜索着脑海中的私塾先生们的样子，想不起来到底是哪位有如此脍炙人口的词句。

“上半句是，文之思也，其神远矣，故寂然凝虑……后面的是？”

“原来如此，我知道了。”李仙侣激动道，“故寂然凝虑，思接千载，悄焉动容，视通万里，吟咏之间，吐纳珠玉之声，眉睫之前，卷舒风云之色。”

“哇，这都知道。”徐珊不信道。

“哈哈，我道是谁，原来是我的私塾先生李桐先生所写的文章。”

“好，我们开始下一题。”徐珊了然。

“‘白酒新熟山中归，黄鸡啄黍秋正肥。呼童烹鸡酌白酒，儿女嬉笑牵人衣。高歌取醉欲自慰，起舞落日争光辉。’这是谁的诗，下一句是什么？”徐珊一脸得意笑道。

却见魏秋霜笑盈盈地看着李仙侣，而李仙侣稳操胜券拿起茶杯，站在椅子上高声唱道：“游说万乘苦不早，著鞭跨马涉远道。会稽愚妇轻买臣，余亦辞家西入秦。仰天大笑出门去，我辈岂是蓬蒿人。”

“好！我们相公的记忆力真是当世第一。”徐珊对李仙侣极为仰慕地嚷道。

“呃。”

李仙侣赶紧上去捂住徐珊的嘴：“小声点，让别人听见了笑话，山外有山，人外有人。”

就在这时，魏秋霜忽然道：“相公，好久没有听你作诗了，不如趁着今天时光好，作一首如何？”

“作诗啊？娘子，要是我作得出来，你该如何奖励我？”

看着李仙侣无限期待的眼神，魏秋霜羞红了脸躲闪着。

“如果我作出来了，那你们要想一想如何侍候我。”李仙侣看着俩人打趣道。

“啊！”徐珊和魏秋霜同时惊叫一声，“我们又上当啦！”

“哈哈哈哈哈，不许反悔，那我开始了。”

只见他忽然面色严肃，眼神悲戚，似乎心有所感，望着宋城方向轻声说道：“不见江湖笑儿女，自古莫多情，知情殇。”

此言一出不知为何，魏秋霜立刻想起了那潇洒来去无影的林松月，一袭白衣，身背一把三尺青锋。

自己认识的人中也只有她才符合“江湖儿女”这个身份吧！

她都不知道，此时李仙侣脑海中也不断地回旋着林松月还有林溪烟的身影，为他们不能在一起而惋惜。

想来这时林溪烟应该也已经成亲了吧？

而那林松月呢？她目睹师兄成亲之后还能保持平和的心态待在宋城吗？

转而李仙侣又想到自己对林松月的感情，心中掠过一丝悲戚，那也许只是一丝朦胧的思念吧！

“但问我心因何去？从来也无情，空余恨。”

整个小院的气氛逐渐变得悲伤低沉起来。

林松月的故事，徐珊也知道。

她隐隐地也猜出了李仙侣对那女子的牵挂之情。

同时也对那女子深深地同情。

身为女人，她自然是懂女人的。

李仙侣忽然两指并拢，形成一把宝剑的样子。在小院中轻轻起舞，口中吟道：“悠悠笛鸣，翩翩雀翎。自始红尘若梦，不见浮生，书中赤子引悲歌，不见红颜低吟，却见徽音绵绵，情谊绵绵。”

一连两个“绵绵”，让魏秋霜和徐珊都湿红了眼睛。

而李仙侣唱完也回到椅子上，静静躺下闭着眼睛，眼角滑过一滴泪珠。

“好一个意悠悠，泪悠悠，惆怅再悠悠。”

魏秋霜轻轻地抚摸着李仙侣的额头，一边感慨。

“好了，今天我们就到这里吧，我去做饭。”

她刚要起身，却被李仙侣一把拉进怀里，一旁的徐珊正要回避，也被李仙侣一把揽入怀中，这把太师椅上承载了三个人的重量、四个人的心思。

随着这段时间在家里的积累和历练，李仙侣只觉得自己对于人生，对于生活的意义又有了新的认识。

在经过长达三天的准备后，他便赶赴宋城参加秋闱。

抵达宋城后，他先去夕照山庄拜会了婚后一直未见面的林溪烟，又找到师兄宋景辞和文静，四人把酒言欢直至半夜之后，他方才知晓，林松月早已离开宋城，不知所终。

在宋景辞的指点下，他又去拜会了未名书院的院长大人。

这位院长大人在魏敬言被杀死后革职，不久又被陛下亲自恢复了院长身份。

看到李仙侣，院长大人百感交集，又怀念起魏敬言老友，于是和李仙侣在家里谈论许久，这才依依惜别。

两天后，宋城秋闱正式开始。

李仙侣也和许多考生一样，在名九、两位师兄和林溪烟的陪伴下前往考试。

李仙侣所在的考场为第三考场。

在早上出门后，他便领着名九先是吃了两笼包子，又喝了一碗豆浆，之后名九嚷着要吃桂花糕，于是他便吃了两块桂花糕。

两人就像来宋城游玩一般轻松惬意。

这种姿态倒是让宋景辞和文静等人感到满意，每临大考，当不计得失，才能发挥正常。

若是过于紧张，容易忘掉自己记下的东西。

当一行人来到考场外时，李仙侣和众人挥手告别，然后走进人群，随大家一起盘膝坐下，静静地闭目养神，回忆自己所学的知识。

不一会儿，两个身穿锦袍的官员慢慢出现在考场，周围的考生几乎都被其身上所凝聚的庄严的气势压得喘不过气来，考场的空气中弥漫着严肃与紧张。

倒是李仙侣在瞥过那两名官员之后，仍旧闭目养神，显得游刃有余淡定自然。

“诸位请按次序进考场，按学号对号入座，如有夹带小抄企图作弊者，将取消其考试资格，并责罚杖刑。”

随着这些书生一个个进入考场，几乎每个人都会被那些身穿锦衣的护卫搜查一遍，在确认没有小抄之后才会放他们进去。

名九在身后对着李仙侣大声喊道：“公子要加油哦。”

丝毫不在意别人厌恶的眼神，李仙侣笑着转身对他挥了挥手，这才转身走到自己的座位旁，安静坐下。

直到所有考生全部坐定之后，考官才慢慢地将用火漆封死的试卷取出，并分发给每一个人。

而在考官大声宣布开始之后，李仙侣的周围便开始传出“沙沙”书写之声。

不过他倒是没有着急，而是四下环顾了一圈才慢慢地开始看考题，科考的时间有整整一天，很是宽松，给人留下了足够的思考空间。

慢慢地，那些和李仙侣一样沉思的书生也渐渐对考题有了思绪，一一动笔，到最后，考场中便只剩下李仙侣一人端坐，显得有些特立独行。

第二十九章　李仙侣参加秋闱

题目很简单，是一幅画，画上有一棵参天大树，而在树下则盖着几间茅屋，住着几户人家。

这画立意很鲜明，便是说的最常用的词语——栋梁之材。

正好也对应大明如今刚经历风雨，正处在用人之际。

而其他考生基本上也都看出了题目的考察方向，于是纷纷围绕这四个字开始做题。

李仙侣仍是没有动。

此时的他双眼迷茫，脑海中不断闪过魏敬言死前曾对他提过的三个问题。

为何读书？为何做官？何为人生？

随着时间慢慢流逝，转眼便到了晌午。

已经有人写完了自己的文章，将宣纸上残留的墨痕吹干之后才自信地离开。

而李仙侣还是默默地呆着，眼中露出几许迷茫，始终没有下笔，像这样的事情在宋城监考几年来并不多见，那几个考官也不由得看了李仙侣几眼。

渐渐地，陆续有人开始离开考场。

他们的脸上或是带着一丝丝得意，或是带着一些失落。

随着夕阳渐渐下落，整个考场也略显阴暗。

这时距离考试结束的时间剩下不到半个时辰，除却李仙侣，最后一个书生也在长叹中起身，临走看了李仙侣一眼，晃着脑袋摇头离去。

就在这时，一位监官皱着眉头走到李仙侣身旁轻声说道："如果写不出来，就赶紧离开，不要浪费时间。"

但是李仙侣并没有理会他，而是闭着双眼，静神凝思，他有了头绪。

就在那监官准备询问第二遍时，只见李仙侣猛然睁开双眼，右手拿起笔，左手按住砚台，在那宣纸上疾速书写起来，其笔法龙飞凤舞，很是不寻常。

"嗯？"

那监官站在李仙侣身旁看着他写下的东西愣了一下，然后皱起了眉头站着不动，连远处的其他几个监官也被那声音吸引过来，纷纷朝着李仙侣写下的东西去看。这一看之下，顿时有人轻笑离去，有人摇头走开。

只见李仙侣在纸上写道："凡夫俗子修仙道，必经磨难，日行善之；无善为恶者，修仙不得仙；有善少恶者，行善化恶念；行善无恶者，此人已成仙。

"天地之间，百姓为大，欲做百姓之官，将以百姓疾苦挂怀于心，天地可鉴；古往今来，为民者为其首，为天地者追其后，为官者为其三。

"身为一方父母官，当爱民如子，亲民如见，老病有所依，幼小有所养，学堂有所系，百姓衣食无忧，此为‘为民者首’。

“天地造万物，亚圣曾言‘不违农时，谷不可胜食也……’为天地者，求得风调雨顺，五谷丰登，此为第二。

“为君者，鼎立天地之间，操纵百官治国理政，以民为基、为官为翼，忧国之忧，民兴则兴，此为‘第三’。”

李仙侣将自己当日和老师的所有讨论全写了进去，并将这半年来的所得也融入其中，不出半个时辰，他便完成了考试。

那位最先发出疑惑声音的监官将他的试卷拿起，仔细阅读了一遍，眼睛一亮，将他的名字记下。

这位考生和其他人所写内容相差甚多，其中立意更是新颖，即便以后无法成为国之栋梁，也将会是一代大儒。

而这考生字里行间的思想，让他想起了宋城的一位已故大儒——魏敬言！

这位监官将李仙侣的名字记下后，便匆匆赶往未名书院，面见书院院长。

一个时辰后，他又行色匆匆地离开。

而发生的这一切李仙侣丝毫不知，在结束考试后，他便带着名九前往夕照山庄，他打算在这里住些时日，和师兄们以及林溪烟聚一聚，也好好散散心。

于是他和众人商量着一起郊游。

不料，等到第二日，等李仙侣出门时却惊讶地发现，郊游队伍竟然多了许多人。

刘家小公子，李天星，赵书香，程家二小姐程璐，宋月笙，还有一个从没见过的貌美女子。不过三位美女都用轻纱罩面，让人看不太清。

和众人见过以后，李仙侣也加入男性团队，和众多才俊谈古论今，除了国家政事，基本上无话不谈。在此期间他才知道二师兄宋景辞竟然和林溪烟的妻子宋月笙是兄妹，不过从宋景辞对宋月笙的态度来看，他对宋家人没什么好感。

就在谈话过程中，他不断观察着每个人的行为举止，果然如老师所说，言行是每个人的内心写照，除了少数城府极深的人外，基本上大多数人会在不经意间暴露一些性格。

“许久未见，李兄近来可好？”李天星笑着上前行礼，真诚道。

但是赵书香就显得狡诈了许多，先是上前拱了拱手，然后嬉皮笑脸地打探起秋闱之事。

不过李仙侣毫不留情面，不予理会，让赵书香感觉极为丢脸。

他脸色一变，由晴转阴，皮笑肉不笑地说道：“李公子如此不知礼仪，可能是没有老师管教的原因，我也不计较，毕竟老师告诉我要对那些可恨之人多多忍耐，毕竟可恨之人必有可怜之处。”

结果这话说完，随即感受到三道冰冷的视线。

其余人脸色一变，显得有些不自然，魏敬言的事情宋城人都知道，就在其以勾结魏忠贤的罪名被处死后，有人在全城各处张贴告示，向众人讲述了魏敬言被陷害的过程和原因。

大家都清楚，魏敬言被害到底是怎么一回事。赵书香现在这么一说，自然是让李仙侣师兄弟三人备感愤怒。君子动口不动手，所以赵书香也是有恃无恐，更何况这里有这么多人，不过——

“咚！”

有一个人却忽然出手了。

他先是重重一拳直接将赵书香撂倒在地，随后欺身上前，抓住赵书香的脖子一拳又一拳地朝着他脸上捶过去。到最后更是抓住赵书香的脖子，阴沉地在他耳边道："你信不信我把你前些天去青楼嫖娼的事情告诉全宋城的人？"

这人不是别人，正是刘家小公子那个天不怕、地不怕的家伙。

"你……"赵书香一脸惊恐地正要说些什么，却被林溪烟走上前打断。

"刘公子，你这是做什么？赵公子你先起来。"林溪烟将刘北斗拉开，然后扶着赵书香从地上挣扎着起来。

赵书香惊怒地看着刘北斗带着一脸愤愤不平地站在远处，只听他道："全城人都知道这是怎么一回事，你还在那儿叽叽歪歪，你知道当年本大爷的名字是怎么来的吗？那是魏先生亲自给我取的。"

赵书香火冒三丈，自己什么时候受过这种委屈？被人当街拳打，脸面尽失！

他环顾一圈，发现其余人都纷纷捂着嘴一脸唾弃的模样，尤其是那几个美女也是对他鄙夷不屑的眼神，顿时怒火中烧，大吼一声，朝着刘北斗冲去。

林溪烟这次没有拽他，此人是自取其辱。

"咚！"如擂鼓一般的拳头砸在赵书香肚子上，将其一拳打得跪倒在地，口吐酸水，失去了还手能力。

赵书香只觉得天旋地转，就见李仙侣不知什么时候站在了自己面前，一脸冷漠地看着他："还请赵公子口下留德，对死者不敬可是要遭报应的。"

赵书香狼狈起身，恶狠狠地看了李仙侣和刘北斗一眼："你们给我等着！"随后踉踉跄跄地朝着赵府的方向走去。

这个小插曲并没能影响到众人郊游的兴趣，毕竟能够凑这么多人实在难得，而且走了赵书香这个不知趣的家伙，大家顿感清爽多了。

“谁把这家伙叫来的？真是没一点眼力。”刘北斗一边拍打着身上的土一边皱眉说道。

众人纷纷摇头。

就在这时，一个怯生生的声音低声道：“对不起，是我叫的。”

众人转头看去，却见程家二小姐程璐低着头不好意思地说着。

“原来是程小姐，那就说明那家伙没有福气，浪费了程小姐的一片好意，程小姐果然善良人美，连那种家伙都能可怜，唉，不如我二人探讨下人生意义？”

刘北斗瞬间爆发“刘家小公子特质”，脚下一拐，就往程璐身边凑过去。不过，他的雕虫小计落空，只见一只大手拦住了他的路。

刘北斗一脸愤恨地看去，见到是李天星正一脸平静地看着他：“我的。”

“我！你！”刘北斗脸色一阵青一阵白，号叫道，“流年不利啊！”

转身一脸不忿地走在队伍最前面。

其余人见他这疯疯癫癫的模样，纷纷摇头付之一笑，这家伙果然是活跃气氛的“好家伙”。

倒是对于李天星说的话，大家都假装无视，只有程璐一个人在那儿就像一个做错了事的孩子，低着头往前走，差点碰到路边的木头桩子。

就在她快要撞上时，李天星眼疾手快地将其一把拉到身边，让人虚惊一场。

程璐倒是被吓得不轻。

不知是因被李天星那一把拉住手而害羞，还是为刚才的事愧疚，程璐一路低着头，如影子般跟着李天星走了，乘风公子的魅力可不是宋城任何一位少女能够抵挡的。

此时的队伍里顿时分成了三组：李天星和程璐，林溪烟和宋月笙，李仙侣师兄弟三人和刘北斗，以及那个戴着白纱的神秘女子。

也许是看到那白纱女子一个人走着有些不妥，总要有人保护，文静对李仙侣使了个眼色，将其故意推到了那白纱少女身边。

这让已有家室的李仙侣进退维谷，有些手足无措。

第三十章　才子佳人的郊游

这一幕让刘北斗看得浑身着急，不过他却被宋景辞和文静二人夹在中间，也无可奈何。

李仙侣只能若即若离地走着。

“早就听闻李公子大名，当日逸仙阁一战，小女子也在一旁观战，李公子的风姿真是让无数宋城少女倾心啊。”倒是那白纱少女最先说话，打破了尴尬的气氛。

李仙侣闻言面颊开始发烫，鼻尖不断冒出细密的汗珠，摆手道：“哪里有什么风姿，不过是对了几个对子罢了，姑娘谬赞了。”

那白纱女子点了点头：“公子既然这样说，我就不再多说什么了，李公子果然如人所言，为人不骄不躁。”

“请问？”李仙侣一头雾水地看了白纱少女一眼，被眼前这姑娘的耿直引起好奇之心，于是笑着说，“如何人所言？”

没承想那姑娘瞄了一眼他的师兄们，低声道：“宋公子。”

宋景辞二师兄？

他和这位女子认识？

“我二师兄？”李仙侣想一探究竟，问道。

白纱少女点头道：“正是，早就听闻宋公子赞你为风流才子，绝非一般的普通书生，今日终于见到庐山真面目了。”

被一位素不相识的女子赞美，李仙侣顿时有些飘飘然，然后转念一想，二师兄这样吹捧自己，也要在他的这位红颜知己面前回敬师兄一番。

“哈哈，我确实就一普通的书生，就知道读书，其他什么也不会，不像我宋师兄，才高八斗，情智高绝，不仅胸中有韬略，而且还腹中藏有百万兵，为人谦和，勤俭持家，绝对是万中无一的好男人，姑娘你可不要错过，过了这个村，可就没了这个店，毕竟喜欢我师兄的姑娘可是能排到宋城外去。”

这一阵对二师兄的回赞的确有效，白衣女子顿时接不上茬。

而另一边，文静和宋景辞将刘北斗夹在中间。三人虽然走着，但心思却在李仙侣二人身上，虽然不知道他们在说什么，但是看起来似乎两人“相谈甚欢”，于是威胁似的对着刘北斗道：“看吧，我师弟果然和那云姑娘般配，所以你就不要插足了，安心当你的纨绔吧。”

刘北斗一脸不甘心的表情，心情郁闷地看看文静，又看看宋景辞，眯着眼睛道：“让我不插足可以，不过你们怎么补偿我的损失？不如宋兄来我刘家，让我供你三年如何？”

宋景辞笑了笑：“多谢刘小公子抬举，我和李家已经有约在先。”

刘北斗赶紧拉住文静：“文兄？”

文静倒是没有急着拒绝，而是看了眼宋景辞，见他点头，又看了眼李仙侣与那女子“相谈甚欢”的样子，这才开口道：“我是没什么问题，不过……”

宋景辞接着道：“条件我来和你谈。”

刘北斗刚兴奋起来的心，听到宋景辞要谈条件，脸上顿时流露出一丝不快："你这个精明宋，谁人不知你的条件苛刻，当初王家都被你吓跑了，好吧好吧，谁让我刘北斗这几年的伪装是纨绔呢，我就再纨绔一回吧，你说说看。"

对于李仙侣师兄弟三人，宋城早有各大家族看重他们并且想要和他们结盟，不过由于李仙侣入门时间太短，不够有分量，所以，早就名声在外的文静和宋景辞就变成了各大家族争相抢夺的对象。

魏敬言在世时，曾言若有家族想要和这二人结盟，都必须为未名书院捐银十万两，然后再谈条件。

于是各大家族都收敛起了心思，持着观望态度。

魏敬言去世后，师兄弟二人对未名书院未能及时搭救，内心或多或少还是有一些想法的，所以这条规矩自然也就可有可无了。

老大文静善诡辩，能舌绽莲花，老二宋景辞善谋略，能布局百步。

这二人可是宋城各大家族眼中的"宝"，虽都未出手，但都虎视眈眈，没想到却被刘家这最"纨绔"的小公子用这种方法拉拢了过去，若要被人知晓，一定会绑了李仙侣解恨。

李仙侣这边依旧滔滔不绝地讲着宋景辞，姑娘几度欲言又止，等到李仙侣说完后，淡淡地说了句："宋公子早就心有所属，李公子不必再多言了。"

"啊？"李仙侣不敢置信，"心有所属？我咋不知道？"

"噗。"也许这就是李仙侣，对待每一件事都那么认真，对一句话也那么计较与相信，白纱少女终于没忍住，笑了出来。

"这……不好意思啊姑娘，我莽撞了。"李仙侣这才反应过来自己发呆的表情和打破砂锅璺（问）到底的样子，一脸尴尬地挠了挠头。

“李公子真是有趣，小女姓云名兮与，称我为小云即可。”白纱少女捂嘴轻笑道。

李仙侣连忙点头：“云姑娘。”

走了大约半个时辰，众人终于到了目标地点——城外三里处的清凉山。

“虽无崇山峻岭，但却茂林修竹映在左右，虽无清流急湍，但却溪水潺潺犬牙差互，倒是别有一番风味。”李天星看着清凉山感叹道。

“李兄既然诗性盎然，不如我等便效仿古人曲水流觞，饮酒作诗如何？”文静笑着在一旁打趣道。

“又作诗？作诗我来！”刘北斗一听要作诗，当下兴奋地蹦出来就要开口，却被李仙侣一把拉住。

“刘兄！稍安勿躁！此处游人众多，咱们能不能先观察一下觅得一休息处，再找个偏僻的地方你慢慢作诗？我们都为你捧场你看如何？”

众人听闻李仙侣的话，纷纷点头应和，若是让刘北斗在这官道上作起诗来，那岂不是笑话？

“行吧，听你一次。”刘北斗这才安静下来，却又不安分地拉住李仙侣不断打听那姑娘的名字。

就在众人一起在清凉山上沿着溪水寻找可以坐卧的上佳宝地时，李仙侣不知不觉地又和戴着白纱的云兮与走在了一起，似乎在云兮与身上有某种天然的特质在吸引李仙侣一样。

李仙侣没想到云兮与对于话本和戏剧也很熟悉，并且十分喜爱，两人从《西厢记》聊到《牡丹亭》，一边为这些故事里的爱恨情仇所感慨，一边又为这些作者的才华而感叹，几乎是一见如故，惹得身边众人纷纷注目，而两人却毫无察觉。

跟在他们身后的刘北斗不断地摇头叹气，让众人啼笑皆非。

“不知道云姑娘是哪里人士？”李仙侣觉得这少女看起来也不像是宋城人，并没有宋城人骨子里的那种傲气。

“小女子本是陕西人，后来家里发生变故，这才来到宋城。”云兮与似乎想起了什么不开心的往事，一脸情绪低沉的样子。

李仙侣是何等聪明之人，几句话就听出来了这姑娘有很重的心事，连忙转移了话题，安慰道：“若是姑娘不来宋城，怕也无法结识这么多的青年才俊。”

云兮与掩嘴笑道：“李公子怕是在说你自己吧？”

李仙侣哈哈大笑：“看穿不说穿，让在下也自信一回，哈哈。”

云兮与也是笑得花枝乱颤，她其实知道李仙侣这是一句玩笑话，他，是谦虚聪慧的人。

不多时，众人终于找到了一处地势开阔的平地，靠近溪水坐下，林溪烟身后跟着的几个下人铺上白布，摆下一些小食果蔬和美酒，众人纷纷坐下。

李仙侣拽着名九坐在自己身边，对坐在他一旁的云兮与解释道：“我家名九从小便跟着我，像是弟弟一般，我让他坐在这里姑娘不介意吧？”

云兮与当然不介意，并且还对李仙侣刮目相看。曾经吃过苦的她也做过下人，自然对于主仆关系最是了解，却很少见能够这么爱惜下人的主子。

落座之后，李天星最先开口：“诸位能够聚在一起出门游玩，很难得，而且刚刚秋闱结束，我等也希望李兄能取得好成绩，如今江南士子纷纷水涨船高，鲤鱼跃龙门，我宋城地处中原，本应该是团结一心，方才有可能在围栏中突破，谋取一片前程。

“当今圣上年轻有为，乃是明君，听闻其时常亲自处理朝政直到深夜，每天勤奋国事，窃以为我们也遇上了好时候，所以大家都要努力，争取仕途顺利，前途美好！来，干了这杯！”

众人纷纷举杯。

“李兄所言不错，”文静紧接着开口，“有些官员以权贵富商为借口，中饱私囊而不为陛下考虑，听说边疆打仗急剧消耗国库，而贪官污吏却只知道压榨普通百姓，唯有突破他们在朝中的权势，才有机会真正地为天下百姓谋福利，还希望诸位以后入朝为官，能够秉持立场，为百姓多想想。”

众人再举杯，以示赞同。

“既然如此，不如今日我们就以‘家国’为主题，依次作诗，作不出来的就罚他不能饮酒如何？”李仙侣笑着提议道。

众人纷纷点头，刘北斗就成了第一个作诗者。

“老子手中一壶酒！”

“罢了！下一个吧！”众人纷纷摇头。

第三十一章　赏花楼的兮姑娘

“时光只解催人老，不信多情，长恨离亭，泪滴春衫酒易醒。”很快就到了傍晚时分，众人便趁着天色尚未全黑，朝着城中走去。

唯有刘北斗喝得酩酊大醉，其他人看起来并没有喝多少酒，因怕他又打起白纱姑娘云兮与的主意，大家也就故意让他多喝几杯，没想到就成了这副模样。

在林溪烟嘱咐手下将其送回刘家后，众人纷纷告辞，李仙侣便跟着林溪烟回到了夕照山庄，依旧住在他以前住的院子里。

白天的一路郊游玩累了，名九在收拾好床铺后很快就睡着，但是李仙侣却没有一丝困意，起身来到院中，看着月光下的树影摇晃，思念起家中的魏秋霜和徐珊，此时的他，内心升起一抹歉意。

不知为何，云兮与那一身洁白妩媚的影子开始往他脑海里钻，让他有些忧虑。

他对于目前的生活是知足的。

但是云兮与脸上的一层白纱却像一个无底旋涡一样，不断地牵动着李仙侣的思想，他内心有一种强烈的想法，想要知道云兮与到底长什么样子，也许这只是本能的一种好奇，他安慰自己。

第二天，李仙侣一早就随着大师兄文静和二师兄宋景辞一同前往宋城刘家商谈结盟一事，林溪烟也主动跟上，这让文静吃了颗定心丸。在宋城，夕照山庄始终是个特殊的势力。

林溪烟显然是知道这点，他想用自己的方式去帮文静。

这一切李仙侣看得清楚，实际上林溪烟是觉得宋家愧对小舅子宋景辞，所以一心想要帮妻子弥补，这倒是像他的作风。

刘家地处宋城的西南角，算是宋城中较为偏僻的角落，但依旧有不少商贩行人，因为宋城太过繁华。

刘家自从四十年前从更北的地方迁来此地后就在此生根发芽，那时候的宋城远没有现在这么大，这么繁华，而作为外来户的刘家为了扎根，更是捐了上百万两白银让宋城发展建设，这才算是融入了宋城，成为了几大家族之一。

从刘家在城内占地数十亩就可以看出其家族财势之雄厚，从夕照山庄前往刘家，从城东到城西，自然是要穿过整个宋城最热闹的地方。

最热闹的地方，自然也有热闹看。

就在李仙侣四人路过某个集市口的时候，看到几十号行人围在某处指指点点，似乎在围观什么好戏，李仙侣本没有什么兴趣，却忽然听到宋景辞说那人群中的某个苗条身影似乎有些熟悉，这才往前靠了靠。

那苗条身影一旁站着一位身材修长、身着一袭青色长衫的人，同样让人有似曾相识的感觉。

通过向路人打听，李仙侣才知道那书生在陪少女喝茶时被一个老汉往怀里塞了一本秘籍，说是他骨骼清奇，有天纵之姿，让他花二两银子买下。

这本来就是本地泼皮无赖用来讹人的手段，雇来一个半老的老人，半骗半诈求钱财的把戏，稍微花点钱就能破财消灾的小事，那些泼皮也不敢太过张扬，胃口也都比较小。

那书生似乎有些刚正倔强，生得一身傲骨，说了些让泼皮下不来台的话，比如要报官将他们抓起来之类的，并且还不屑地将那本秘籍撕碎扔了。

这下惹怒了一旁等着收钱的十几个泼皮，卷起袖管就要打人，而一旁正好站着一位水灵灵的姑娘，这些泼皮就起了污秽心思，嘴上开始不干净起来。

那书生倒是有些气概，听闻那些人嘴中胡言乱语，上去对着那领头的脸上就是一拳，这下那些泼皮一拥而上，将那公子一阵拳打脚踢，若不是那姑娘最后扑在其身上帮其挡着，估计命是难保住了。

都说百无一用是书生，这书生倒是有些骨气！

也不知是不是真怕那书生报官，那些泼皮在出了一顿气之后，就骂骂咧咧地作鸟兽散了。

林溪烟看了后轻笑一声："走了。"

李仙侣师兄弟三人都皱起了眉头，李仙侣道："难道这些泼皮就这么肆无忌惮？在闹市区这样横行无忌？"

林溪烟行走江湖多年，这种场面已是见怪不怪："哪里的泼皮不是这样？泼皮不撒泼还能叫泼皮吗？不过你们真的没有看出来吗？"

听他这么一说，李仙侣若有所思道："假如他们是为了求财，那么如今他们打完人也不要钱，那些无赖更是没有摸上一把那姑娘，不符合泼皮的行事风格。"

宋景辞更是恍然道："难道这是一出演给那姑娘看的好戏？"

林溪烟点头道："不错，这手段是我十几岁就会用的苦肉计，最初竟然用在了几个花魁姐姐身上，不过人家看破不说破，哪像这个程家二小姐，已经哭得肝肠寸断，就差以身相许了，不知道李天星那个棒槌是干什么吃的，让这家伙抢了先。”

宋景辞道：“那程家的二小姐也是个普通人而已，在不知情的状况下遇到这种事情很难辨别其中的真相。那赵书香倒是好手段，花了估计不到十两银子，效果比作三百首诗都要来得强。”

林溪烟口中的“这家伙”也就是正在担当主演的这位书生，正是赵家的那位和李仙侣有过节的赵书香。

李仙侣眼珠一转，向名九要了些银子，朝着那些泼皮离开的地方走去。

不一会儿，李仙侣先回来了，而后那些泼皮再次回转，在赵书香一脸疑惑的表情中将那家伙实打实地又揍一顿，这一顿可不轻。

“你干什么去了？”其余三人好奇地看向他。

李仙侣笑了笑：“我是替乘风公子着急，所以找到那些泼皮的头儿，告诉他我是乘风公子的帮闲，那臭小子敢动我家公子看上的女人，公子不便出面，让他们帮公子出一口气。”

“‘乘风公子可是帮宋城长了脸面的人物，他的事就是我们的事’，这是那帮人的原话。”李仙侣坏笑道。

众人纷纷摇了摇头。

“这事做得漂亮，那些无赖打得没有后顾之忧，而就算知道了事情的‘真相’，碍于李天星的势力，赵书香也不敢多说什么，更何况他撬人家墙脚本就不光明，掏了银子请人真的打了自己一顿，你是以其人之道还制其人之身啊！这一招让他哑巴吃黄连，有苦说不出了。”林溪烟笑道。

“哈哈，都是跟师兄们学的。”李仙侣赶紧摆手。

文静倒是面无表情:“自古以来，读书人杀读书人，最是拿手。”

四人走出老远后，李仙侣忽然懊恼道:“给他们十两银子是不是太多了？感觉有点亏啊。”

“哈哈哈。”其余三人纷纷大笑，这小子。

来到刘家，刘家家主自然是热情款待，并且极为有礼，和那刘家小公子刘北斗全然不同。不过说起刘北斗，李仙侣还是称之为“我们的好朋友”，让刘家家主虎目一闪，对其高看几分。李仙侣又称刘北斗家国之胸怀被众人所佩服，又被刘家家主高看几分。

这一番结盟事宜自然是谈得宾主尽欢，最后在林溪烟的提议下，众人和刘北斗一起前往宋城最豪华的赏花楼，听曲儿去。

刘家家主说了，让刘北斗招待好，钱不是问题。

刘北斗才不会给他爹省钱呢，带着众人就进了赏花楼。

这是李仙侣第一次来这号称宋城第一花楼的赏花楼，大门装饰极尽奢华，但并没有多么地吸引李仙侣，吸引他的是门前那一副对联。

“思家思国思乐景，赏花赏月赏桂香。”

这赏花楼是一栋大约六层的高楼，除了宋城的著名景点观星台之外，这赏花楼便是第一高了。

还未进楼，楼内便传来一阵阵钟鼓之音，伴有琴瑟和声，让人十分好奇里面的景象。

走进一楼，李仙侣才发现什么是有钱人玩乐的地方，楼内钟鼓琴瑟应有尽有，大乐师大乐官有三四位，其余乐器表演者也有三四十人，歌姬舞姬更是数不胜数，场面虽极为奢华，却很优雅，而这仅仅是一楼罢了。

众人随着林溪烟直上五楼，这里，才是最佳观景点，更是最符合林溪烟以及刘北斗身份的地方。

至于李仙侣师兄弟三人，目前还没有达到这个身份高度。

沾光是一定的。

今天来这宋城第一花楼的五人，奔的就是这赏花楼的花魁兮姑娘来的。

听闻这兮姑娘可是连当年的大太监魏忠贤都一睹过芳容的宋城首席花魁，这次五人前来，就是要请这位兮姑娘为文静和刘家结盟庆贺的。

据说这花魁可不是砸银子就能请得动的，其身份和地位之高在这宋城也是拥有一众拥护者，普通纨绔子弟可是见不着面的。

尤其是这赏花楼的老鸨，听说也是个曾经红极一时的花魁，后来随着赏花楼名声在外，地位也水涨船高，一般也不怎么露面。

如今夕照山庄的三公子、刘家的小霸王一起前来，听闻还有前不久名扬逸仙阁的李仙侣李公子，老鸨这才急匆匆地盛装打扮一番，从楼下赶来招待这五位以后都要入朝为官的年轻人。

第三十二章　煌煌英灵镇北疆

俗话说，青楼女子最能识人，多少大官都是这些青楼女子资助出来的，所以不要小看青楼这个人间极端复杂又充斥着金钱味的地方，这里往往能看到人间最悲的故事又能看到人间最真的情谊。

当年大词人柳永，人称柳三变，就是常年流连于青楼坊间，为青楼女子作了许多传唱千年的词，最被她们尊重。

果然，一见老鸨，刘北斗的轻浮之色顿时显露无遗。

他掏出一张五百两的银票在那老鸨的面前晃了晃，耀武扬威地喊道："听闻李姐姐当年的花名可是声名远播，不知道有没有从本公子这里拿走万两打赏的本事？"

这一番话直听得李仙侣云里雾里，但却见两位师兄竟然面不改色，显然比自己见多识广，立刻暗道，看来这俩人早就见过这种阵势，居然那么冷静。

也许，这就是人生经历，只要守住底线就行，自己现在不也坐在这里吗?

那李姐笑着捏了捏刘北斗一脸邪气的下巴，娇声道："哟，刘小公子这回好雅兴啊！你要不嫌弃老姐，莫说公子知道的些许本事，还有好些个你不知道的戏呢！”

老鸨虽然在调戏刘北斗，但是眼神却不住地往李仙侣身上瞟，至于林溪烟，所有的青楼都是不敢惦记的。

因为林家家主曾说过，林溪烟是有家室的人。谁敢勾引他，那就是让他犯错，让林家出错。

让林家丢了脸面的人，是不能活的。

“老规矩，今天我自己去找乐子，你让兮姑娘陪陪这四位‘正人君子’。”刘北斗果然是在开玩笑，脸色一变说起正事，说着就要离开，却被李姐一把拽住。

“哟，这就跑了呀？”

刘北斗赶紧赔笑道：“下次下次，等我养精蓄锐好了，必定来寻你。”

老鸨笑着放走了他，在招待几人入座后，就上了六楼去看望兮姑娘。

李仙侣几人开始聊起边疆战事。

北边的蛮子不断地骚扰边疆，战争的紧迫虽然还没有让宋城人感受到，但是这些有志气的读书人已经开始议论了，更何况自从那句“家事国事天下事事事关心”流传开后，少有读书人不关注国事，不过这年头消息闭塞，大家也就最多听听坊间流传的小道消息而已。

这些闲聊被接下来走出的一个穿着出尘但却略显朴素的浑身白衣的女子打断了。

这女子不像其他花魁那般讲究排场，单纯干净得好像一枝刚刚出水的莲花，却有一股恍如天成的柔弱和妩媚从那绝色柔美的身段上不断散发出来。

刚一亮相，就吸引了这一层所有人的目光。

其脸上蒙着的一层面纱好似那笼罩在月亮上的淡云一般，将美藏在其后，让人瞬间产生无尽的幻想和好奇，即便是没有来过这里的人，都早有耳闻——兮姑娘。

不错，这就是那位神秘的兮姑娘。

此刻，李仙侣愣住了。

尽管这兮姑娘穿着不同，出现的场景也不同，还未开口，却给他一种强烈的熟悉感，熟悉到名字就在嘴边差点脱口而出。

但还是被他忍住了。

云姑娘就是赏花楼花魁兮姑娘？

李仙侣不敢相信自己的直觉，但又不得不信，因为自己的记忆力是超强的。可万一是自己认错了人？不，她没有一点青楼女子的风尘味，决不会错，就是她。

只见那兮姑娘踩着轻柔的脚步，在众人如剑光般的眼神注视下，走到了李仙侣他们的桌旁，缓缓地坐在了李仙侣身旁柔声道：“小兮给各位请安了，诸位才子能来赏光，真是小兮的福气，见过李公子。”

这一张口，这一吐声，李仙侣再也坐不住了。

“云姑娘？”他十分肯定地喊道。

兮姑娘轻轻地笑着，歪头俏皮地看着他：“李公子即便是认出了小女子，也不必如此大声地喊我吧？还是觉得小兮竟然是个风尘女子，所以有些惊讶？有些失望？”

李仙侣这才发现因为情绪太过激动，自己喊得太响，太多人看了过来，赶紧解释道：“云姑娘玩笑了，我不过也是个贫贱书生罢了，姑娘怎么能如此说自己，那让我这贫贱书生如何自处？小生给你赔礼了！”

“噗嗤！”这话说完，不再假装身份的云兮与笑出了声，也让一旁的林溪烟等人纷纷大笑。

“仙侣你为何赔礼啊？”

“我们早就认识云姑娘了，所以上次郊游才会请她一起，没想你竟如此愚钝，煞费苦心为自己辩解开脱。”

听着众人的谈笑，李仙侣这才松了口气，他一开始内心确实是不能接受，云姑娘那么完美的女子怎能在青楼呢？虽然说青楼的花魁一般都不会卖身，但是身处这等污秽之地，本就是一种被人视如敝屣的身份。

转念一想，百无一用的书生确实也没有资格看不起谁，或是对谁品头论足，更何况人不能用身份来看待，有些人看起来一副人样，干的却是猪狗不如的事情，有些人虽然看起来“不干净”，但却是真正纯洁的人。

“李公子，你太优秀了，这地方第一次来吧？”云兮与问道。

今天的云兮与再也不是平日里兮姑娘那高冷神秘的模样了。

李仙侣有些紧张。

尽管没有看到云兮与的脸，但是她的身上有一种“仙气”，那种很不一样的气质深深地让李仙侣感到亲切。他以为像云兮与这样的女子一直都是恬静如水、与世无争的，没想到落落大方。他竟说不出话来。

在李仙侣心中，她是一株浮萍才最是动人，一旦落了凡尘，就会失去原来本该有的灵动。

虽然之前仅一面之缘，但是那种无言之中的互通心意却让李仙侣有一种前所未有的感觉。

聊了一会儿，云兮与就要开始奏唱了，这也是今天的重头戏。

让人惊讶的是，云兮与并没有和普通青楼女子那样奏出靡靡之音，而是轻弹了几曲轻快的江南小调后，就提议来几首应景的铿锵之曲。

先是一首《铁马踏冰河》伴曲清歌，竟然用女子柔美的嗓音演绎出了一种别样的战场厮杀之风，更有几分悲壮和热血，让这首本是唐末流传的边疆战歌升华到了美的层次，让李仙侣等人大呼过瘾。

随后又是几首传唱颇广的战歌，让整个五楼的氛围都为之高涨起来。

但在最后一曲过后，云兮与却向李仙侣提了个要求。

“不知小女子能否请求李公子以边疆为主题，为小女子作歌一首？”

围观众人哄然叫好，就连宋景辞等人也大声鼓掌以示赞同。

看着云兮与面纱下隐隐的期待眼神，李仙侣点了点头，马上就有小厮递来笔墨纸砚，当下，李仙侣轻声道：“献丑了。”

于是提笔写下近日所得感想，许久之后，一篇长歌就递在了云兮与手里。她拿着看了许久，指尖轻弹，煌煌苍凉之音缓缓传来，竟是自己配上了曲。众人还来不及惊叹，就恍然进入了一个零落血染的战场……

渺渺琴音，丝丝柔心，自烽烟而起，执陌刀而归。玄甲浸染血万溅，蹄鸣踏响万里山。君言家国不可破，唯有信笺诉爱恨，相思几划，关心几横，千笔文字绘衷肠，却作白骨。

长叹唏嘘，短叹哀伤，三盏茶，四杯酒，君魂英烈如醇酿。昔日豪言踏影江河，意气风发；如今为国不见尸骨，酒肆谈资。浮生仅一樽酒，何日踏影日月流。

曲终，歌罢，余音绕梁，闻者落泪。

许久之后，一个柔弱的声音划破了短暂的安静。

“公子，此歌可有名字？”云兮与美目盼兮地看着李仙侣，轻声开口。

满场沉浸在那悲凉壮阔余韵中的人们纷纷转醒，希望能从李仙侣口中得知这一歌名。

“就叫‘煌煌英灵镇北疆’吧。”李仙侣将杯中酒一口饮尽。

“好！”

“好一个‘煌煌英灵镇北疆’！”

“大才！公子大才！”

众人一片赞不绝口，却都没能让李仙侣心潮澎湃，他注意的是云兮与，竟然在那么短的时间配曲将自己的词映衬得如此浑然天成，这才是一首完整的歌。

若说有才，这位奇女子才真是有才。

林溪烟一只手按着身边的佩剑，一只手空悬着一碗烈酒，浑身轻微地颤抖着，似乎在畅想着战场边疆上的厮杀。似他这等侠客般的人物，一直便向往着征战沙场，那才是男儿该做的事。

碍于家世，累于妻老，他不能随性而为。

宋景辞一手轻拍着案几，一手扶着额头，神情肃穆。

文静却早已泪流满面，感慨万分。

第一次见识这种阵仗的名九早就目瞪口呆，看着全场鸦雀无声地只听那一曲煌煌英灵歌，满场落泪的奇观，满场欢呼的热闹，以及那无声的震撼和激昂，难以想象这是从未上过战场的自家公子写出的词。

名九像重新认识了自家公子一样，崇拜地看向李仙侣，却见其正若有所思地斜倚在座位上，一手轻轻捏碗饮酒，端正的发髻，一袭飘逸白袍，俊朗的面貌，好似谪凡之仙，忘忧而又超凡。

此刻，慢慢闭上双眼的李仙侣，内心百转千回，恍惚之间，少年时光径流远去，书卷之意都在磨砺中点滴积存，魏老、林溪烟、宋景辞、文静、林松月、魏秋霜……一个个从自己生命中走过的人，踏着烟尘、拨着浪花、擎着白云，留给他一个个认知，让他成就这般的自己。回首，眼中竟有热感荡漾，似有惊鸿翩翩、流光照影晃过眼前。不禁动念，“仙侣”二字终究难免有缭绕宿命感，不如干脆当了人生之渔夫，御浪从容潇洒而行。心念至此，李仙侣的双手已为这一念拍案叫绝——就叫李渔罢了！

图书在版编目（CIP）数据

惊鸿翩翩 / 古兰月著. -- 北京：作家出版社，2020. 8
ISBN 978-7-5212-0944-0

Ⅰ. ①惊…　Ⅱ. ①古…　Ⅲ. ①长篇小说 - 中国 - 当代
Ⅳ. ①I247.5

中国版本图书馆CIP数据核字（2020）第076049号

惊鸿翩翩

作　　者：古兰月
责任编辑：田一秀
装帧设计：芬　妮
出版发行：作家出版社有限公司
社　　址：北京农展馆南里10号　　**邮　　编：**100125
电话传真：86-10-65067186（发行中心及邮购部）
86-10-65004079（总编室）
E-mail:zuojia@zuojia.net.cn
http://www.zuojiachubanshe.com
印　　刷：天津中印联印务有限公司
成品尺寸：152×230
字　　数：157千
印　　张：13.75
版　　次：2020年10月第1版
印　　次：2020年10月第1次印刷
ISBN 978-7-5212-0944-0
定　　价：55元
